和歌千年を詠みつがれて

花あはれ

松本章男

花あはれ——和歌千年を詠みつがれて

目次

春歌の部

夏歌の部

秋歌の部

冬歌の部

凡例

○本書は新編『国歌大観』全巻を底本として、万葉期から江戸期末にかけて詠まれた短歌百首を撰出している。

○各首の〔歌意〕末尾に出典名を明記した。勅撰二十一代集に撰入されている作は、その集名をも「古今・後撰・拾遺」等の略表示で添記している。

○〔語釈〕は簡明を旨としたが、歌意を深く味わっていただく参考にと、用言の活用形と助詞についての指摘をとくに心がけた。

○各首の鑑賞文末尾に作者の生没年・略伝を添えた。勅撰入集が五〇首を超える作者については、概ねその入集実数を記入している。

装幀　木幡朋介
カバー作品　「西行蒔絵硯箱」より
東京国立博物館所蔵
Image: TNM Image Archives
扉絵　山本雪堂
題字　「花」　近衛本和漢朗詠集より

春歌の部

1

たまきはる命はしらず松が枝《え》を結ぶ心は長くとぞ思ふ　大伴家持《やかもち》

【歌意】人間の寿命というものは判然としない。けれども、わたしが松の枝と契りを結ぶ心のうちはただ、この生命が長くあってほしいと思えばこそなのだ。（万葉・続古今）

【語釈】○たまきはる──「命」にかかる枕詞。○結ぶ──古代呪術で松のみにかぎらず草木などを手に取り、幸福その他を念ずる行為をさす。

これは天平十六年（七四四）正月、家持二七歳の作。松の小枝に顔をよせ、青みが清《すが》すがしい針葉の香を嗅ぎながらものした一首であろう。

万葉歌において「たまきはる」は主として「霊剋《たまきはる》」と表意表記され、枕詞として「命」に冠せられている。霊剋の「剋」は刻（きざむ）を意味するから、心臓の拍動・血管の搏《はく》動を、万葉びとたちは体内の霊魂が細かくふるえる音と聞いていたのではあるまいか。家持はそこで人間の保ちうる命脈すなわち寿命を「たまきはる命」と詠んでいるように思われる。

わが国では、松飾りで新年をことほぐところに、元日から十五日までを「松の内」とよんできた。根つきの門松のみならず、松は切り枝でも一五日間は水なくして緑を保つ。その旺盛な生命力が尊ばれたところに「松の内」という表現と習俗も培われてきているわけである。

奈良時代すでにこのように、年が改って日を経ても色を変えない松の翠《みどり》にあやかって、長寿もまた祈念されていた。

松の枝は往日の正月の食生活にも欠かせないものであったらしいから、そのことにも言及しておこう。

少年のころ、私の家は猫を飼っていた。その猫がときおり松葉をかじったあとに嘔吐した。胸が焼け、悪いものを食べたことに気づいて松葉をかじるらしい。そんなふうに思えたものだ。

正月の床飾りに、七本の若松を青竹の寸胴《ずんどう》に活《い》けて水引をかける。私は幼少期から花鋏を手に育ったので、大学生のころ、若松を自分で活けていた。ひどい二日酔いで若松を扱ったことがある。松の枝を矯《た》めるうち徐々に酔いはさめてくれたが、猫の習性を思い起こして松葉をかじってみた。すると胸が透いて頭の痛みまで嘘のように消えていった。

仁平三年（一一五三）に最終成立をみた久安百首に、藤原隆季が《こよひ寝ておくるあしたやわが背子《せこ》がふたなな枝の松も折るべき》と詠じている。江戸中期の民俗学者、山岡浚明の『類聚《るいじゅ》名物考』も、男子は七枝、女子は二枝の松を、年の初めに折り取り、薬飲したことを記す。

往日の日本人は鳥肉・獣肉をふんだんに食した。正月はとりわけ雉《きじ》・鴨・猪のローストぜめであったようだ。葉をむしっては食べ煎じても飲む、胸やけなどを抑える健胃剤として、松は宴席などでも欠かせてはならなかった。家持も松葉を口に含んだことがあったのではなかろうか。松飾りはこうして、食の面からみても正月の住空間に場を占めていた。

家持――七一八―七八五。万葉第四期の筆頭歌人。万葉集は家持を中心とした人物たちによる私撰集と考えられる。平安中期に成立した三十六歌仙には万葉歌人から人麻呂・赤人・家持の三名が選ばれている。

2

もろひとの日かげも春と野べに出でてけさ七種《ななくさ》の若菜摘むなり

阿野実為《さねため》

【歌意】多くの人が日差しも春らしくなったからと野原に出て、今朝は七種類の若菜をまさしく摘んでいるらしい。（南朝五百番歌合）

【語釈】○もろひと――諸人、多くの人。○日かげ――陽光。○なり――この助動詞は推定・断定いずれの意でも用いられるが、ここは戸外から聞こえる音声を耳にしての推定と解釈したい。

一月七日に「七草粥《がゆ》」を啜る食習俗は現在も命脈を保っているといえようか。旧暦（太陰太陽暦）と明治六年（一八七三）以来用いられることになった現行暦（グレゴリオ暦）には、平均して四〇日の較差がある。したがって、往時の一月七日は現在の二月十七日前後にあたる。気象は折から三寒四温。歌のこの日はまさに一月七日で、ようやく春らしい日差しの朝がきたのであろう。

室町期の連歌師梵燈が《せりなづなごぎやうはこべら仏の座すずなすずしろこれぞ七

種》と七五調にまとめてくれている。セリは周知のとおり、ナズナはペンペン草、ゴギョウは母子草、ハコベラはハコベ、仏の座はタビラコ、スズナは蕪《かぶら》のスズシロは大根のそれぞれ原生種。タビラコ・スズナ・スズシロなども珍しくなったとはいえ現在なお路傍に見出せることがあり、厳冬期は眠っているのか何の匂いもしないのだが、二月中旬ともなって引き抜くと、根元からえも言えないよい香りが漂う。

旧暦一月七日は人日《じんじつ》の節句だ。この日の「七草粥」のもともとは「粥《かゆ》」ではなく「羹《あつもの》」であった。節句とは節目であり区切り。生活上の習慣をきりかえる日である。一月七日をさかいに七種類の若菜を羹として啜ったのは、前首の松同様に健胃効果がみられたからで、賢明な食生活の知恵であった。

鴨長明に『四季物語』と題する歳時記がある。七草の羹は大鍋で煮こんで日ごと啜り、主食にはコメ・アワ・アズキなどを煮こんだ粥を食し、松の内のあける十五日は、それぞれの鍋にのこる羹と粥とを混ぜて炊きなおし、両方をきれいに平らげる慣わしであったと、長明はしるす。

さて、多くの和歌にみるところ、天候が思わしくなかったり積雪がなお残る一月七日の若菜摘みは、もっぱら主婦と女性の仕事であったらしい。門前と家屋の周囲のみで、七種にこだわらず、数少ない種類での採取で済ましている。

けれども、作者が耳にしたのは野原の彼方からひろまる、男性も混ざる声だったのだろう。あァ、今年は陽気に恵まれて、一家総出のまさしく七種の若菜摘みなのだ。作者の頰笑む表情が見えてくるように思える。

実為――生年未詳―一三九八頃。この歌人は南北朝が合一した一三九二年当時、南朝の内大臣であった。一首が出詠された五百番歌合は天授元年（一三七五）南朝内裏で催行されている。

3
いつの間にわき葉さすまでなりにけむ昨日の野べの雪の下草　大田垣蓮月

【歌意】　いつとは知らないうちに新苗が萌え出るまで成長したのであろう。昨日の野原で春雪をかき分けて見た、あの若草たちは。（海人《あま》の刈藻）

【語釈】○さす――葉が伸び出す。○にけむ――連語。完了の助動詞「ぬ」の連用形「に」＋過去推量の助動詞「けむ」。過去の作用をほぼ確実のこととして推量している。

「若草」の題詠である。若菜・若草が冠雪すると、痛めつけられていないか気が気でなくなり、雪を掻き分けてみずにはいられない。ところが、直立性の植物に痛みは目についても、伏臥性・匍匐《ほふく》性の植物は、雪の下はむしろ居心地がよかったといいたげに、予想に反する引き締まって活きいきとした表情を見せてくれる。

夏が来れば花茎を伸ばして白い小花をいちめんに咲かせ、雪が舞うようにその花を散らす多年草、あのユキノシタがとりわけてそうなのだ。

七種同様にユキノシタも人日の節句に摘まれ、食されていた。

初春のユキノシタは、匍匐茎を伸ばし、新苗の掌状の若葉を地面に貼りつけるがごとく殖やす。私は庭に積もった雪を掻き分けたとき、葉の裏面から匍匐茎の紫紅色が透き徹って顕われた、その美しさに瞠目させられたことがある。

積もった雪の下から顕われる若草の清すがしいこと。とりわけユキノシタの美しさは忘れようにも忘れられない。この一首はそう強調してくれているかのよう。

蓮月――一七九一―一八七五。二度の結婚がいずれも夫と死別、三三歳で出家。京都の岡崎・西賀茂などで自作の和歌を刻みつけた土瓶などを焼いて生計を立てた。晩年は富岡鉄斎を指南、与謝野鉄幹の名づけ親にもなっている。海人の刈藻は家集。

4
雪の色を奪ひて咲ける梅の花いま盛りなり見む人もがも　大伴旅人《たびと》

【歌意】 雪の色を奪ったかのように梅の花が真っ白に咲いている。いままさに花盛りだ。妻が顕在であって一緒に見てくれたらなァ。（万葉・風雅）

【語釈】 ○なり――助動詞で断定の意。○もがも――終助詞「もが」＋詠嘆の助詞「も」。「もが」は存在しないものの存在を希望する意を表わす。

旅人は大宰帥《だざいのそつ》（大宰府長官）の地位にあった天平二年（七三〇）正月十三日、筑紫の自邸に九州一円から多くの賓客を招いて梅花宴を催している。この日は現行暦で二月八日にあたるが、作者が向き合うのは、その二、三日後、梅花宴で披露された同じ梅である。現在のバイオ種ではない梅の花は、白梅が早く、紅梅が遅れて咲いた。二月八日・十日ごろといえば、温暖な筑紫で白梅はまさに見ごろであっただろう。

この作は宴客に賞美してもらったのみでは物足らず、もっと多くの人に見せたい心理がはたらいて詠まれたかもしれない。旅人はけれども二年前に妻を失っていた。そこで、亡き妻にも愛《め》でさせたかったという思いがより強くこめられていると、終句から酌んでみたくなる。

さて、旅人の邸宅に咲いた白梅は緑萼《りょくがく》であったにちがいない。

白梅は大別して花の萼が茶褐色か緑色かに分かれる。大半は茶褐色でこの品種は香が濃く、緑色の方は香が淡い。万葉集は百首を超える梅花詠を収採するが、ほとんどが白梅、それも香を詠じているものは一首にすぎない。

緑萼の白梅は中国原産。明代の文明批評の書『長物志』は「幽居の人の花の伴侶として、梅は（古代から）白梅、それも緑萼が一段とすぐれ、全く寵愛を独占する」という。この緑萼の白梅がわが国の玄関であった太宰府にもたらされ、まず北九州に植栽されて、旅人が催した梅花宴などを端緒に、文人たちに最も好まれる花となって浸透したのではなかったろうか。

平安期まで移ると古今集以降、梅花はとくに香が詠じられるようになる。それは日本原産の茶褐色の萼をもつ野生種が発見され、万葉歌にならって文人たちが植栽したところに起因すると考えられる。

零れ話を一つ。私の暮らす京都では北野天満宮が梅の名所。社頭に梅園があり、境内一円にも多くの梅樹が見られる。

ある年、境内摂社一棟の社前に、植栽されてさほど日を経ていないのかもしれない緑萼白梅を見出し、その若木が咲かせている花の凛々しさ、清らかさに私は呪縛されてしまった。翌年も翌々年も緑萼の花を目あてに天満宮の鳥居をくぐった。しかし、さらに次の年、私が呆然と立つことになったのは小さな凹地の前。盗掘されてしまっていたのだ。

社前の神木であるにもかかわらず狂うほど魅せられて、盗掘を依頼した人物があったのだろうか。せめて幽居の人の伴侶となって無事に育ってくれているように。花の時季がくるたび思い起こす緑萼白梅である。
旅人――六六五―七三一。家持の父。万葉第三期歌人。大宰帥として赴任していた晩年、同じく筑前守として九州にあった山上憶良と筑紫歌壇を形成、作歌活動を先導した。

5
咲きそめて屋戸《やど》を匂はす梅の花たれか立ち枝《え》を折りに来《こ》ざらむ　出羽弁《いでわのべん》

【歌意】梅の花が咲きはじめて家のなかに香を漂わせている。立ち枝を折りに来る人はいないのだろうか。誰か姿を見せればよいのに。(斎院歌合)

【語釈】○匂はす――香を漂わす。○立ち枝――ずわえ、垂直に伸びる若枝。○来ざらむ――「来」の未然形「こ」＋打消「ず」の未然形「ざら」＋「む」の終止形。

樹木の剪定法の違いを教える「桜切る馬鹿、梅切らぬ馬鹿」という成句がある。桜は不用意に枝を切ると切り口から腐りやすい。梅は垂直に伸びる若枝を多く出すので、これを適当に切り捨てないことには、樹枝の翌年の花のつきがわるくなる。

梅も老木になると枝葉を失ってゆくから、海北友松などの画家は、わずかに伸びる立ち枝のみを守ろうとする樹霊の健気さを描いた。けれども、そういう幽玄美は特例。壮木のばあいは観賞の見地からも、立ち枝を多く残すと樹形が整わず、風雅なおもむきを逃がすことになる。

梅のばあい、他家の庭であろうと踏み入り、剪定されそうな立ち枝は折り取ってよいという不文律まで、平安期にすでに成立していた。

立ち枝を折り取ったのは専ら若い女性であったようだ。花の立ち枝そのものを挿頭《かざし》として髪や胸の襟元に挿す。花を摘んで袂にしのばせ移り香を意中の男性の前に匂わす。二つの習わしが育ったからである。

一首は、平兼盛の先作《わが屋戸の梅の立ち枝や見えつらん思ひのほかに君が来ませる》も念頭にあって詠まれているかもしれない。

因みにここでも零れ話を。

ある寺院の庭園を散策したとき、立ち入ってもらいたくない苔地の前に立ち枝が差してあった。垣がわりとしてあちこちに並ぶその立ち枝がちらほら花をつけていた。挿し木となって根づいたのもあったということ。私は《めづらしや垣ねにうゑしすはえぎ（ずわえ）の立ち枝に咲ける梅の初花》という源仲正の作が頭にうかび、思わず破顔一笑させられたという次第。

出羽弁――生没年未詳。上東門院彰子に、次いで後一条中宮威子に出仕した女流。栄花物語に多くの歌が採られている。斎院歌合は正しくは六条斎院禖子《ばいし》内親王家歌合とよび、延久二年（一〇七〇）の催行。弁はこの年すでに七〇歳を超えていたかと考えられる。後拾遺集初出。

6 **君まさば移しにもせむ梅の花とくとりとめよ風散らすめり**　加茂保憲女《やすのりのむすめ》

【歌意】 あの方が御出でなされば梅の花を移り香として匂わせたいの。さっそく摘み溜めてちょうだい。風が散らしてしまうだろうから。（家集）

【語釈】○まさば――お越しになれば。「まさ」は「来」の尊敬語「坐《ま》す」の未然形。○とく――疾く、すぐに。○とりとめよ――「取り留む」の命令形。○めり――確実な事実の傍観的な表現。

気位の高い令嬢が、小間使いに命じたことばを歌としたような気配。そういうシチュエーションを想像させられる。

移り香はさほど簡単に匂わせることはできない。袿《うちぎ》(袷仕立ての衣服)に花をたくさん畳みこみ、日数をかけて梅香を沁ませたのであろう。

作者の父保憲は陰陽博士。著名な安倍晴明が保憲の弟子であった。「君」は晴明をさしているかもしれない。

保憲女――生没年未詳。一〇世紀中葉の存在。超常的な環境に育った特異な性格の人物であったらしい。風雅集初出。

7
手折りけむ軒端の梅をたづぬれば花もえならぬ袖の香ぞする　後鳥羽院

【歌意】何者が軒端の梅を折り取ったのか、枝がもち去られた先を辿ってみると、花の香以上に、形容もできない心地よい袖の香が漂ってくる。（千五百番歌合）

【語釈】○けむ――3番の歌同様の過去推量。○えならぬ――連語。並一通りでない、非常に優れている。

軒端の梅の立ち枝が何本も折り取られていた。回廊に花くずが散っているので辿っていったところ、几帳《きちょう》越しに女性のあでやかな衣裳が覗き、すでにたきしめられた移り香が匂ってきた。そういう情景が浮かんでくる。

新古今集への撰歌を目的に後鳥羽院が千五百番歌合を主催、三〇名の歌人から百首歌が詠進されたのは建仁元年（一二〇一）。院は当時二二歳、才気煥発、若くして情感豊かな作をはやくも詠じ、多くの歌人たちを心腹させていた。一首には裏の趣向、源氏物語「梅《うめが》枝《え》」の経過までたきしめてある。

前斎院が《花の香は散りにし枝にとまらねど移らん袖にあさく染まめや》という歌を、梅の枝に結び文して源氏におくった。折から御殿で源氏のそばに居合わせ、斎院の歌に目をとめたのが蛍兵部卿宮。風流な管弦の遊びが果てた。宮の帰りぎわ、源氏は直衣《のうし》の装束一揃えと薫物をつめた壷を土産にもたせる。兵部卿宮は即詠を源氏に返した。

《花の香をえならぬ袖に移しもてことあやまりと妹やとがめむ》——頂戴した薫物（花の香）を、これも頂いたすばらしい直衣の袖にたきしめてわたしが着たならば、どこかの女性と間違いでもあったのかと妻は疑い咎めるでしょう——。

一首の「手折りけむ軒端の梅」は前斎院が自詠を結びつけた梅のずわえ。このくだりを読みすすめば（たづぬれば）、「えならぬ袖」つまり蛍兵部卿が源氏からもらった直衣にたどりつくという趣向。

梅は古木の花ほどよく匂う。概して若木の花まで匂うのは白梅だが、紅梅も古木となれば芳香がえもいわれない。梅の古木はさほど幹の太いものはないから、樹齢など見当をつけにくいものだ。そこを風に誘われ、樹形をもとめて、とりわけ銘をもつ木々のもとではゆったりと寛ぎたい。

後鳥羽院——一一八〇—一二三九。八二代天皇。二〇歳で譲位後、正治両度百首、千五百番歌合などを主催、和歌所を設けて六名の撰者に新古今集を撰進せしめた。承久の乱で配流された隠岐でも机上の遠島歌合を催行、その隠岐に崩じた。勅撰入集二五三首。

8
未《ま》だきにぞ摘みに来にけるはるばるといま萌え出づる野べの早蕨《さわらび》　紀伊

【歌意】未だ時季尚早なのに摘みに来てしまった。こんなに遠くまで。このごろ芽を出す野べの早蕨を。（堀河百首）

【語釈】○未だきに——その時季ではないのに、早くも。○ぞ——強調の係助詞。文中で「ぞ」を受ける活用語は連体形で結ぶ。○にける——完了の助動詞「ぬ」の連用形＋過去の助動詞「けり」の連体形、「ぞ」を受けての「ける」。

堀河百首といえば長治三年（一一〇六）に成立、後世の規範となった組題百首。一六名の歌人が百種の題を一首ずつ詠じているのだが、四季歌の「春」の部は「立春・子日《ねのひ》・霞・鶯・残雪・梅・柳・早蕨・桜……」の順に二〇種の題からなる。

ワラビが時季どおりに芽吹くのはサクラの花が散ってから。堀河百首には藤原仲実の**《降りつみし雪の下草いつしかと焼くと見しまに萌ゆる早蕨》**という一首も見え、野焼きがなされたところにのみ早くも鉤あたまを出したから早蕨なのである。

『源氏物語』宇治十帖「早蕨」の巻では、阿闍梨から中君へ蕨と土筆《つくし》の初物が贈られている。現行暦では三月初旬、ツクシがあたまを出す頃合いがサワラビの時季でもある。

私は往日、休田かと思える野の一画にたくさんのワラビを見出し、摘もうとして、農夫の爺さまから制止されたことがある。そこは爺さまがワラビを採るため意図的に野焼きをしたという一画だった。

紀伊——生没年未詳。祐子内親王家女房。小倉百人一首で知られる**《音に聞く高師の浜のあだ波はかけじや袖の濡れもこそすれ》**の作者。後拾遺集初出。

9
春雨のなごりの露の玉椿おつる音きく暮れもありけり　井上文雄

【歌意】騒がしい日々なのだが、春雨が降り残した雫を玉として宿す椿から花が落下する、その音を耳にする、静かな夕暮れもあることはあった。（調鶴集）

【語釈】○玉椿――ツバキの美称。白玉椿をさすこともある。○けり――事実の回想。

「閑庭椿」の題で詠まれ、「なごりの露」も夏の近い最後の春雨の露と酌むべき位置に、家集で一首は配されているのだが、ここではツバキ一般の花の盛期である三月中旬ごろの季感で味わっておきたい。

時代は幕末、作者の暮らす江戸にも尊王攘夷の嵐が吹き荒れていたはずだが、屋敷のあたりは静寂につつまれていたのか。とにもかくにも、「玉」は掛詞となって露の玉をやどした花輪がぽとりと落ちたと言っている。

私の暮らす京都も昭和戦後のしばらくまでは静かなものだった。遠くで撞かれる梵鐘《ぼんしょう》の音を、あの寺この寺と聞き分けていた。軒端の南天から落ちる残雪の音、風に弄ばれる柳の糸が触れ合う音、そんな気配に耳をそばだてた記憶も懐かしい。

私は火鉢をかかえて、母のする裁縫を見ていたことがある。「あッ、花が落ちた」。運針の手を止めて母が呟いた。柱にかかる釣瓶《ちょうびょう》からヤブツバキの紅い一輪が、母の背後に落ちたのだった。花粉が少し畳をよごして。

文雄——一八〇〇—七一。田安藩の侍医。近世末期の優れた歌人のひとりでもあった。調鶴集は家集。歌論に「伊勢の家づと」などがある。

10 **花はまだ柳の糸の浅みどりくる人あれなこのごろの春**　進子内親王

【歌意】桜の花がひらくのは未だ。けれども、朝起きて目にする柳の糸の浅みどり。なんと爽やかなことか。ここに来て一緒に糸枝を繰り、花を待つ人があってほしいなァ。（延文百首）

【語釈】○くる——来る、繰る、両意の掛け合わせ。○あれな——あってくれ。「な」が願望。

紐などを柔らかく緩く縒《よ》りあわせることを「あわをに縒る」という。シダレヤナギの細い糸枝も風のしわざで縒れ合うが、造化の妙、縒れが輪になってしまうことがある。珍しいその輪が吉兆とみなされていた。

往日は京都の岡崎を流れる鴨東運河の川っ縁《ぶち》がシダレヤナギの放列だった。私の母にその柳の糸枝を繰る（手元にひき寄せる）趣味にちかい手癖があった。少年の私も通りすがりに橋の欄干から手をのばし、糸枝を繰って輪をつくった。帰りみちで目をやった柳は大抵、独りでに輪を解いていたものだ。

《春風の花をたづぬるしをりとや結びてすぐる青柳の糸》新古今撰者のひとり、藤原雅経の作。春風までが花のありかを捜す道しるべ（しをり）にしようというのか、柳の糸を結んで吹きすぎてゆく、と言っているが、内親王は雅経詠を証歌として一首をものしたのかもしれない。

シダレヤナギはビーズ玉の芽が稚鮎ほどの若葉にひらいた頃合いが、まさに浅みどりで目に清すがしい。その若萌えの柳が雛鳥の産毛のような卵色の尾状花をつける。すると桜も開花をはじめる。

一首は「このごろの春」と結んだところに余情がにじむ。花どきが目前まできているのだが、一緒に花をたずねようと声をかけてくれる人もない。作者はそういった孤独な日暮らしで、若萌えの柳に手を差しのべながら、日をも繰りつつ（数えつつ）花を待ったのであろう。

進子内親王――生没年未詳。伏見院皇女で南北朝期の歌人。幼年時に父院と死別、播磨に下って出家したが、長じて上洛、康永四年（一三四五）に親王宣下した。藤原定家の系列から生じた三歌壇（二条派・京極派・冷泉派）のうち後期京極派歌壇で活躍。延文百首は延文二年（一三五七）頃の成立。風雅集初出。

11
浅みどり霞のうちの小山田《をやまだ》に鹿火屋《かひや》のけぶりたつ柳かな　正徹

【歌意】浅みどりに萌えたつ柳が霞につつまれた小山田に立っている。なんとその柳が鹿火屋から漂う煙のように見えるではないか。（草根集）

【語釈】○小山田――山間《やまあい》の田。○鹿火屋――鹿や猪などが近づかないよう火をたく小屋。○かな――詠嘆。

題に「柳似煙」とある。

ヤナギは種類が多く総括して「楊柳《ようりゅう》」とよばれる。そして、「楊」はもともとカワヤナギの類を、「柳」はシダレヤナギをさしていた。万葉集によってこの区別が明らかなのだが、古今集以降、和歌に楊の表記はほぼ見られなくなるので、「垂柳《しだりやなぎ》」がシダレヤナギとは分かるが「柳」「青柳」の表記はシダレヤナギのみをさすとは限らない。

《浅みどり染めかけたりと見るまでに春の柳は萌えにけるかも》という万葉歌が、後世まで歌人たちに愛好されてきていた。「春の柳は萌えにける」の原句は「春楊者《はるのやなぎは》目生来《もえにける》」

である。したがって、この万葉歌はカワヤナギのほうを詠じていると分かる。「浅みどり」が春の柳にかかる枕詞のごとく用いられるのも、この万葉歌に由来する。

カワヤナギで小高木となる類は川っ縁にしか見られないというわけではない。山間ではむしろシダレヤナギの生育こそ不自然である。正徹は視力がおよんだ範囲に、林立する「楊」の類のほうの小高木を見たのではなかったろうか。

ところで、現代の都会生活でも、舗装道路に沿って放列を敷く春の柳並木が、遠目に、むくむくとした煙の漂いのようにも、晴天のもとでは和歌で「糸遊《いとゆふ》」とよばれる陽炎《かげろう》のゆらめきのようにも見えるものだ。

炭窯から立つ煙は天高くあがる。けれども、鹿火屋の煙、夏の蚊火屋の煙は、地を這うごとく漂わねば目的を達しない。

正徹は一瞬まず鹿火屋の煙とまさしく見間違えたのであったろう。

新古今撰者の寂蓮にこんな陽炎詠がある。《春風ののどかにふけば青柳の枝もひとつに遊ぶいとゆふ》。一首鑑賞のよすがとして味わっていただきたい。

正徹――一三八一―一四五九。定家に傾倒した歌僧。歌学書として著明な「正徹物語」

をのこす。応仁の乱直前まで室町中期の僧坊歌壇を先導した。草根集は家集。

12
なびき藻の色もみだれて青柳のかげこそくぐれ春の川なみ　藤原為実

【歌意】 水勢になびく藻の風情まで風に乱れる青柳の糸のよう。青柳のゆらめくその姿をくっきりと水面に映し取って、春の川水が流れてゆく。（文保百首）

【語釈】 ○色——風情。○かげ——影、姿。○こそ——強調の係助詞。この語を受ける活用語は已然形となる。ここでは「くぐる」が「くぐれ」

まさにこれは石垣堤の上にしだれ柳が放列を敷く川面の風景であろう。
私の家から遠くない琵琶湖疏水の鴨東運河では、水質が澄んでいた往日、笹に似る披針形の葉をもつ長い藻が流れになびいていていた。長さは七、八メートルもある。冬のあいだ黯く沈んでいた葉の色が、水がぬるむと青い冴えをとりもどしていった。

その藻が水勢になびいてよじれる。うねりをみせつつ左巻きによじれきると逆のうねりをはじめてよじれを解き、こんどは右巻きによじれてゆく。私は少年のころ、藻のそういう反復運動を橋の上から飽かず見つめたものだった。

「色もみだれて」に留意したい。「色」は藻の風情で、同時にそれは風にもてあそばれる柳の風情そのものなのだ。

藤原定家に《**花と見る雪も日かずもつもりゐてまつの梢は春の青柳**》という作がある。松の梢につもる雪を花と見たてたころから、定家は指折りかぞえて柳の萌え立ちを待ちに待った様子だが、この作者も柳の青みにさそわれて川のほとりに足をはこんでみたのであろう。

時季は三月下旬にかかる頃合い。渇水期はすぎた。菜種梅雨で春雨がよく降る。川の流れは勢いを増し、水のぬるみに甦った長い藻のうねりと色合いも目を惹くほどになってきている。

しだれ柳は毛根をはりめぐらせて土壌を強化する性質をもつから、人の手を加えて構築された川堤には、とくに選んで平安期から植えられていた。日一日と萌え立ってゆくこの柳ほど桜の開花を待つつれづれを慰めてくれるものはない。
為実――一二六六―一三三三。定家の孫為氏の四男。この歌人は関東に下って和歌をひろめた時期が長かった。新後撰集初出。文保百首は後宇多院によって文保二年（一三一八）に召されている。

13
春の野のつばなが下のつぼすみれ注連《しめ》さすほどになりにけるかな　藤原基俊

【歌意】春の野の穂を出したばかりの茅《ちがや》の株元に、つぼすみれの花。あそこばかりは子供たちも近づかないよう、縄で囲っておきたいほどになっていたなァ。（堀河百首）
【語釈】○つばな――チガヤの若い穂。○注連さす――人の近づきを防ぐ処置をする。○にける――「にけり」の連体形。完了した事柄を過去のものとして回想する。

チガヤの若い花序は甘味があって食べられる。小児の私はこれを見つけると穂先を引き抜いて口にはこんだものだった。一首はスミレの花が可愛いからばかりでなく、ツバナを見つけると子供たちが寄り集まるから、作者はスミレの花が踏みにじられぬよう縄囲いをしてはと連想したのであろう。

スミレは種類が多いので見分けるのがむずかしい。和歌に詠まれるツボスミレは現在のタチツボスミレであったと、通説にいう。

植物事典によれば、ツボスミレは花色が白。タチツボスミレは淡紫。ところが、和歌のツボスミレの花色は必ず「若紫・淡紫・紫」いずれかで表現されている。さらに、私は和歌でタチツボスミレに出会ったことがないので、念のため『国歌大観』の索引で全巻を検索してみた。タチツボスミレはやはり一首も見出せない。そこで、色が表現されていないツボスミレには現在のツボスミレも含まれ、そもそも、タチツボスミレとの区別はなかったのかとも考えてみている。単に「すみれ」とのみ詠む和歌ももちろん多く、そこにはいろんな種類が含まれていたのではないだろうか。

スミレでは言及しておきたい出来事が二つある。

平安神宮の社頭に往日、祭時のとき桜の木に神馬を繋ぐので「桜の馬場」とよばれた草地があった。平生は私たち子供の遊び場でスミレが咲いていた。私はスミレを踏みつけないよう気をつけながらこの草地を跳びまわったものなのだ。

新聞の投稿歌壇に《足もとのすみれ踏みつつさくら撮る人にひとこと何か言いたい》と詠まれている短歌を見出したのは、老年期にさしかかったころのこと。このとき、すでに消えてない桜の馬場を思い起こしたので、右の短歌を備忘帖に書き留めたのだが、こんな一場面が瞼に甦ったのである。

琵琶湖畔に暮らす知り合いに、田へ水を引く用水路で家鴨《あひる》の放ち飼いをする農家があった。「アヒルは臆病、追っ掛けると腰を抜かすから気をつけて」。ある日、少年の私はそう釘をさされながらも、アヒルと遊べないものかと畦道をたどった。用水路の先に屯するアヒルたちが見え、目と鼻の先まで近づいたとき、スミレの花が畦を覆うばかりに咲いていた。花を踏みつけまいと一瞬の躊躇をしたその隙に、アヒルたちは辷るがごとく遠去かってしまったのだが、記憶の抽き出しから、何かの拍子に、このときのアヒルの羽毛の白さと花の紫が色鮮やかに浮かんでくる。

幕末の歌人木下幸文が《小山田のあぜの細みち狭《せ》ばければ踏まぬ人なき坪すみれかな》

と詠じている。右の記憶は幸文の家集にこの歌を見出したときにも甦ったが、狭い小さな庭を坪庭とよぶのと同様で、「坪」の字が当てられているのは、「つぼすみれ」の「つぼ」も、家鴨に迫って立ち往生した、あのような群落を表徴しているのであろうか。

基俊――一〇六〇―一一四二。和漢の学に優れ、しばしば歌合の判者をつとめ、院政期の歌壇に重んじられた。藤原俊成の師にあたる。金葉集以下に一〇七首。

14

世の中にたえて桜のなかりせば春の心はのどけからまし　在原業平

【歌意】この世の中に全く桜がなかったとしたら、春はゆったりとした穏やかな気分で過ごせただろうのに。（在中将集・古今）

【語釈】○たえて――絶えて、全く。○せば――過去の助動詞「き」の未然形＋接続助詞「ば」。助動詞「まし」と呼応する。○まし――非現実的な事態についての推量を表わす。

平安期、現在の大阪府枚方市一円が皇室の猟場で、淀川がつくる湾処《わんど》の一つに面して、「渚《なぎさ》の院」とよばれる、猟におとずれる官人たちの休息所があった。

一首は『伊勢物語』八十二段でも知られる。業平は貞観十三年（八七一）、惟喬親王に随行した狩猟のあと、渚の院での観桜で、酒盃を交わしながらこの歌を詠じたらしい。

世の中に全く桜がないとすれば、いつ咲いてくれるかと待ちこがれたり、風が花を散らしはすまいかと気を揉んだり、散れば散ったで惜しんだり、心を煩わされることもなくなる。つまりこれは、現実には起こりえないことを想像した反実仮想。

一首を証歌として追詠している作が多くあるので、二首添えてみよう。

《さくら咲く春は夜だになかりせば夢にも物は思はざらまし》能因。——桜の花咲く頃合いは、せめて夜だけでもなくなってくれたら、夢の中でまで心配や取り越し苦労はしなくてすむだろうのに——。

《世の中にたえて嵐のなかりせば花に心はのどけからまし》後鳥羽院。——桜の花どきには皮肉にも強風の吹きまくる日がある。嵐さえなければ、気兼ねなく、もっと寛いだ気分で花に心をかよわせることができるのに——。

それはさて、一首では、「絶えて」に「耐へて」と掛詞《かけことば》を酌むこともできる。「世の中の喧騒を辛抱しているのに、桜が咲くといっそう周囲がざわめいてしまう。桜の花がなかったら、もっとのんびり春を過ごせるかもしれないだろうのに」と婉曲な解釈をする天の邪鬼がいてもよい。幅のひろい鑑賞を可能にするところが一首の秀歌たるゆえんでもあろう。

業平――八二五―八八〇。伊勢物語の実質的主人公。三十六歌仙のひとり。在中将集は家集。古今集に三〇首入集。以降勅撰入集多。

15
あしびきのやまざくら戸をまれに明けて花こそあるじ誰を待つらむ　藤原定家

〔歌意〕 人の足を引き寄せるヤマザクラが、滅多に開くことのない門扉が明けはなたれて前栽に咲いている。いまは花がこの屋敷の主人公なのだ。その花のおまえは誰の訪れを待っているのであろう。業平・西行のような人物か。（拾遺愚草）

【語釈】○誰（たれ）――「誰」は掛詞で「たれ」の意としても用いられている。「たれ」は体言につく断定の助動詞「たり」の已然形。「こそ」との係り結びで「である」の意。

「あしびきの」という枕詞は当初、人の足を引き寄せる、という意をみせて「山」のみに掛かっていた。ここではその「やま」に掛かるのか、山に咲くサクラが谷の戸を明けているという意で「やまざくら」に掛かるのか、それともヤマザクラを材として造った「やまざくら戸」に掛かるのか、判然としない。

さらに「やまざくら」も山に咲くサクラ全般をさすのか、種類としてのヤマザクラをさすのか、これまた不明である。

一首のばあい、「あしびきの」を「やまざくら戸」に掛かるとみる解釈が古くになされているのだが、私は歌意に示したとおり、「あしびきのやまざくら、戸を」と句切って賞翫したい。

普段は門扉を閉ざす邸宅などが、前栽の花をごらんなさいとばかりに、桜の時季にだけ戸を明け放ってくれていることがある。通りがかったわたしたちは思わず誘い寄せられて、花があるじ顔をしているなァと、そんなふうにも感じるものだ。

　万葉歌に《あしひきの山桜戸をあけおきて我が待つ君を誰かとどむる》が知られる。「真木の板戸」を詠じた相手と問答体をなす歌なので、「山桜戸」は山桜で造った板戸ということになる。この山桜がしだいに山桜の多いところ、山桜の咲く家、といった意味を派生させてもいた。

　藤原重家に《あしびきの山ざくら戸にとざしせよ花のあたりに風もこそ入れ》という作がある。この「山ざくら戸」からは、山中に各種のサクラが一体となって咲く渓谷の入口を思い浮かべてよいだろう。さらに殷富門院大輔《いんぷもんいんのたゆう》に《あしびきの山ざくら戸のわびしきは春きぬとてもとふ人もなし》があり、こちらからは種としてのヤマザクラの板戸をもつ山家をイメージしたくなる。

　山桜戸があるからには、他の桜の咲く家があり、他の桜の板戸をもつ家もあっただろうから、単なる「桜戸」という表現もあってよい。現に定家は《色に出ていひなしをりそ桜戸のあけながらなる春のたもとを》とも詠じている。

　私は順を追うように「山桜戸」「山、桜戸」「山桜、戸」と読みを移行させてみた。

仁和寺第八代門跡の道助《どうじょ》法親王が主催する五十首和歌に定家が一首を詠進したのは、承久二年（一二二〇）五九歳のころ。

少し理屈っぽいことを並べすぎたけれども、抜かりなく一首を鑑賞すれば、定家の念頭にこの古今歌もあったのではないかと考えられる。

《あだなりと名にこそたてれ桜ばな年にまれなる人も待ちけり》――散りやすいと評判になっている桜花ですが、一年のうち滅多に来ない人をも待って咲いているのですよ――。

春歌だが、恋の部にみえてもよい作で、在原業平の返しがある。果たせるかな伊勢物語では、花のさかりに珍しくやって来た業平に女あるじが呈した歌となっている。

「桜ばな」は女あるじ自身。他の女性に夢中な業平がふたたび関心をもってくれるように、彼女は自分にもあだ名（浮き名）が立っているかのごとくみせかけた。そして業平の訪れを待っていた。

「花こそあるじたれ」の「花」そのものが待つのも業平のような存在。そのような機微に想到してみてはいかがなものか。一首の余情であり、仕掛けであろうかと思う。

業平の前詠《世の中にたえて桜のなかりせば春の心はのどけからまし》を日本人の多く

が知る。業平は花に心を馳せて狂わんばかりの存在であった。花もおそらく、そのような人物が来て賞美してくれるのを待っているだろう。

花どきの京都を歩いて、私は寺院の門から露地の植え込みを窺うことがよくある。桜の花を覗き見していらっしゃい。往日は、そう言わんばかりに、花の盛りにのみ大きな門扉を明けていた邸宅もあった。

因みに、桜はなんといっても種としてのヤマザクラ。《年をへて待つも惜しむもやまざくら心を春はつくすなりけり》と西行はうたう。私もヤマザクラにこそ心を尽くしつづけたい。

定家——一一六二—一二四一。新古今集撰者のひとり。新勅撰集を撰進。小倉百人一首の母体である百人秀歌を撰んだ。日録として『明月記』をのこすほか、古典の書写校訂事業にも傾注。後世への貢献大。拾遺愚草は家集。

16
からくにの虎ふす野べに匂ふとも花のしたには寝ても帰らむ　藤原清輔

【歌意】仮りに異国で虎が腹這う野原であっても、そこに咲き匂うのであれば、桜の木の下には寝ることにして、花と一夜を過ごしてから帰ることにしよう。（家集）

【語釈】○からくに――唐国。狭義には古代の中国および朝鮮半島をさすが、広義では諸外国一般。○とも――接助詞。未定の事態を仮定条件として示す。○ても――連語。上接の事実に軽く満足の意を加える表現。

「桜」の題詠。とはいえ、これは奇抜な歌を詠んだものである。

よみ人しらず《人妻は森か社《やしろ》か唐国の虎臥す野べか寝て試みむ》という諷刺歌が古今六帖によって伝わる。和歌初学抄を著わして比喩・修辞句の類の収集に熱心だった清輔のこと、「虎臥す野べ」は念頭から離れない成句の一つであったろう。

比喩歌として一首の見方を変えるとき、異国の野べは人妻、虎はその夫になってしまうから、花の下に寝ることは、他人の妻のもとへ無謀な夜這いを試みることになる。しかし、清輔にしてみれば、桜の花にはそれほど身をも心も奪われているというのが、一首の趣意なのだ。

業平・西行・定家同様、清輔もヤマザクラびいき。居住まいを正してものした感をうける清輔詠をも一首添えておこう。《**思ひ寝の心やゆきて尋ぬらむ夢にも見つるやまざくらかな**》。

清輔――一一〇四―七七。俊成・定家の御子左家が台頭するに先立ち、和歌の流派として栄えていた六条家の歌学を大成させた。「奥義抄」『袋草紙』などの著者。千載集以下に八九首。

17 **深山木《みやまぎ》のそのこずゑとも見えざりし桜は花にあらはれにけり**　源頼政

【歌意】 深い山の木々にうずもれ、これが目ざす桜の梢とも見えなかった桜は、花を咲かせたから、ようやく姿が現われ出たのであった。（家集・詞花）

【語釈】○ざりし——「ざり」は打消しの助動詞「ず」の補助活用、「ずあり」の約。「し」は過去の助動詞「き」の連体形。○花に——花によって。「に」が原因・理由を表わす。

頼政は平家打倒に以仁王《もちひとおう》を奉じて立つまでは、源氏の武将というより、機智に富んだ伊達男といってよい官人であった。したがって、詠作にもなんとなく洒脱な味がある。

別に二首、頼政の作に触れてみよう。

《花咲かば告げよと言ひし山守の来る音すなり駒に鞍おけ》。禁裏守護番という職にあった頼政は、北摂津の自領で庭師たちに植木の栽培をさせていた。自身は大内裏苑地の植樹管理をもしたから、公卿や高位の女官たちに宮中の桜の開花情報を提供しなければならなかった。この作は配下からの知らせを待ち、自身で開花実見に出かけるところを詠じたのであろう。

《くやしくも朝ゐる雲にはかられて花なき嶺《みね》にわれは来にけり》。「峰」ならば山頂。「嶺」は山頂にちかい一帯。こちらは大内裏にちかい鴨川畔の自宅から、千切れ雲を桜の開花と見間違えて、東山の山頂付近まで馬で駆け登ったのではなかろうかと思う。

歌学用語で風情をめぐらす心のはたらきの極地を「有心《うしん》」とよぶ。頼政の心のはたらきは業平・西行の「有心」には届かない。けれども洒脱な風情に独特の味があるではないか。

頼政――一一〇四―八〇。仲正の嫡男で摂津源氏の棟梁。長く四位にとどまったが、三位に昇段したとたんに剃髪。翌年、以仁王を奉じて平家討伐に挙兵、宇治橋の戦いに敗れて平等院で自害。「げんざんみ」と愛惜された。詞花集以下に六一首。

18
吉野山こずゑの花を見し日より心は身にも添はずなりにき 西行

【歌意】吉野山に咲く梢の花を見た日から、ヤマザクラにあくがれるわたしの心は、身に添わず、この身から遊離することになってしまったのだった。(山家集・続後拾遺)

【語釈】○にき――完了の助動詞「ぬ」の連用形「に」+過去の助動詞「き」。過去に成立した作用を確認・回想する。

西行は出家する二三歳以前に、回峰行者の仲間入りをして大峰の霊場へおもむく途中、吉野山中の花に感応したことがあった。後に三五・六歳のころ、吉野山に二春をおくっていて、一首はその二春目の入山時における前回の回想であろう。

吉野山の蔵王堂に三体の木彫蔵王権現像が伝存する。これがいずれも桜である。最初の蔵王像が吉野山中で見出された老樹の桜で彫られたところから、桜樹を蔵王の分身とみなす信仰が胚胎した。そこから、吉野山中には大峰の霊場に近い奥山から外山へむかい、ヤマザクラの苗木が修験道の行者の手によって植えつづけられていったと私は考えている。

西行以前の吉野山桜詠はおしなべて、遠望詠か奥山に咲くと伝わる花を慕った想像詠にすぎない。平安後期となり、修験道が盛行をみて、吉野の桜はようやく外山へもおりてきた。桜の名歌があまたある西行から一首ごときを撰んだのを怪訝に思われる向きがあるやもしれないが、採取したのは、吉野の奥山・外山いずれの花をも至近に実見・実詠をした、諸歌人に先立つこれが最初の感懐とみてよいからである。そして、「こずゑの花」をヤマザクラと断定するのは、一首とともに《**あくがるる心はさてもやまざくら散りなむのちは身にかへるべき**》とも詠じられているからだ。

和泉式部に《もの思へば沢の蛍もわが身よりあくがれ出づる魂《たま》かとぞ見る》という作が知られる。「あくがれ出づる」の意は、さまよい出ていく。一首の「心は身にも添はずなりにき」は、ヤマザクラに魅了された魂が現実の身体を離れて花の林のなかへさまよい出てしまった、と言っているに等しい。

心に意識が生じる。わたしたちは心の作用で意識の内容を把握することはできるが、色も形もない意識そのものを把握することはできない。そのような意味合いから、西行はつねに「心」の語をひろくもちいて「魂」という語の使用を避けているきらいがある。

さて、西行の桜詠のなかから、私の最も好む作をも披露しておこう。

《おしなべて花のさかりになりにけり山の端《は》ごとにかかる白雲》。藤原俊成はこの歌に「うるはしく長《たけ》たかくみゆ」と加判している。「たけ」とは品位・格調であり、和歌における「長たかし」は当時の最大級の誉めことばであった。

花どきになって、車窓から山やまの風景などに目をやるときなど、私はしばしばこの西行詠を口ずさんできた。

西行――一一一八―九〇。鳥羽院に北面武士として出仕後に出家。詞花集に読人不知で初出。千載集に一八首、新古今集に最多の九四首入集。高野山の紛争解決に貢献、最晩年には東大寺大仏再建のため陸奥勧進をした。御裳濯河・宮河の両自歌合を伊勢神宮に奉納している。

19 **跡しめて見ぬ世の春を偲ぶかなそのきさらぎの花のしたかげ**　頓阿

【歌意】 由緒ある跡を占居して、見ぬ世の春を偲ぶことになるなァ。その年二月に咲いた桜の花をも、この寺の桜の木のもとで。（草庵集）

【語釈】 ○きさらぎ――着更着、旧暦二月の別名。寒のもどりがあるため、脱いだ衣服を更に（再び）着ることがある月、の意。

この一首には「西行上人住みはべりける双輪寺といふ所に、庵《いほり》むすびて詠める」と詞書が付されている。

西行は文治六年（一一九〇）二月十六日未時《ひつじ》（午後二時ごろ）、南河内の弘川寺で入寂した。ところが、三年前に《ねがはくは花のもとにて春死なむそのきさらぎの望月のころ》と詠じていたので、これは告知命終の見事な果遂であったことになる。

文治六年二月十六日は現行暦で三月三十日にあたっていた。南河内は温暖な土地であるから、この日にサクラが咲いていていたのは自明で、もしかすれば満開にちかかったかもしれない。

地球をめぐる月の一周期は二九・五日。純粋な陰暦のようにこの周期で一年一二ヵ月を数えると三五四日にしかならない。そこで旧暦（太陰太陽暦）では三年か四年に一回、閏年が設けられて一年が一三ヵ月になっていたから、望月（満月）は必ずしも十五日とは限らない。文治六年二月は十六日がじつは望月であった。定家をはじめ幾多の歌人がそこまでを調べて、告知どおりだった西行の命終に驚嘆したのである。

西行は出家直後の若き日、双輪寺に庵を設けて、瞑想と詠作の日々をすごした。『平家物語』は、俊寛と共に鬼界が島に流された歌人平康頼も、赦免されて帰京後、西行がのこした庵に草鞋を脱ぎ、説話書「宝物集」の筆を執ったと伝えている。

西行には《年を経て待つも惜しむもやまざくら花に心を尽くすなりけり》という作もある。西行の没後、ゆかりある庵のそばにはヤマザクラが植えられて、庵には歌人たちの隠棲が認められていたようだ。

一首は「花のしたかげ」の結句から、ヤマザクラを愛した西行を敬慕する頓阿の、万感の思いが伝わってくる。

ちなみに、双輪寺は仏堂一宇のみをとどめる天台寺院として祇園円山公園の一郭に現存、その仏堂わきに、いずれも古い石塔で、西行・康頼・頓阿三基の供養墓が並列する。

頓阿――一二八九―一三七二。若くして出家、西行同様に高野山でも修業した。浄弁・兼好・慶運と共に為世門の二条派和歌四天王。新拾遺集を撰者二条為明の没後、後補して完成させている。草庵集は家集。続千載集初出。

20 岩こえて落ちくる音は聞えねど滝とも見ゆる糸桜かな

契沖《けいちゅう》

【歌意】 岩を越えて落ちてくる水音は聞こえないけれど、まるで滝かとも見えるではないか。この糸桜は。（漫吟集）

【語釈】 ○ど——活用語の已然形に付く接助詞。意は、けれども。ここでは「ね」が打消しの助動詞「ず」の已然形。

和歌におけるイトザクラの初出は、寂然が保元二年（一一五七）に詠じた《白川のみぎはになびく糸ざくらこずゑに波のよるかとぞ見る》である。以降、絶えることなくこの桜は詠まれつづけており、近世に至ると契沖のほかにも詠じている歌人がとくに多い。シダレザクラの名は寂然より少し先立ち、源俊頼にシダリザクラの呼称で一作がみえるのだが、それ以外に和歌には全く現われてこない。つまり、シダレザクラはイトザクラの別名としてシダリザクラから明治以降に復活したということになる。

余談を少し添えさせてもらう。

平安京で、比叡山中に発し鴨川に注ぐ一つの水流が花崗岩砂を含むところから「白川」と名づけられていた。鴨東岡崎の一円はその白川の扇状沖積地であるから「白河」と往日にはよばれ、白河・後白河両天皇はこの地に多くの事跡を刻んだがゆえに贈られた諱《いみな》である。

寂然が詠じ、白川に沿って放列を敷いていたのであろうイトザクラは真白な花を咲かせたが、応仁の乱で兵火にかかりほぼ全焼した。けれども、奇しくも生きのびた一幹があって、火によって変色した紅い花を咲かせた。その花の枝を挿し木して根づかせたのが関白職であった近衛家。細く長く枝垂れた枝に近衛家の糸桜も紅い花を咲かせた。安土桃山期に至って、伊達政宗が近衛邸の苑地に咲く一枝を所望、仙台の青葉城で挿し木に成功した。京都では平安神宮の神苑に紅シダレザクラが知られてきたが、これは明治の神宮創建時に仙台市から奉献された苗木を繁殖させているので、花の色こそ変異したとはいえ、寂然が詠じたイトザクラの子孫が故郷の地へ帰ってきたのだということになる。残念なのは、地球規模の環境汚染・気候変異の所為で、空をまで紅く染めた花の色が、年ごとに淡《うす》らいできていること。紅糸桜よ。いっそ、寂然が感じた「波」、契沖が感じている「滝」、往日の透き徹るような白い花の色にもどってはくれまいか。

閑話休題。漫吟集は契沖の家集である。同じ古典学者・歌人として親交の深かった下河辺長流が、漫吟集の序文に、契沖は「西行・寂然らをかみにたて」「昔の人の見い出ざるところを見い出て」「誹諧の歌に至」ったと述べている。なるほど、きびしくみれば誇大な、好意的にいえば諧謔性に富んだ歌を契沖は多く詠んでいて、長流のことばからは寂然を敬慕していたふしも窺える。その念頭には寂然の白川詠が顕現して、先賢が「波」なら自分はより大きく「滝」だとの思いもあったのであろう。

大坂在住時の一首である。その大坂に糸桜の大樹が庭を独占するがごとく枝垂れていた邸宅があって、契沖は春ごとにたずねていた。**《花によりけふは紛《まが》はぬ糸桜あすの緑は柳とぞ見む》**。これもあるときの契沖の詠。

契沖――一六四〇―一七〇一。一一歳で出家、一三歳で高野入山、二一歳で阿闍梨位を得、二三歳から五〇歳ごろまで大坂をはじめ近畿各地の寺院住職をつとめた。同時に高野下山のころから古典研究をはじめ、五一歳以降は隠棲生活で著述に専念。文献学的方法による古典注釈を確立、近世国学の基礎をつくった。

21
散ることをなれも忘れよやまざくらわれは家路を思はぬものを　本居宣長

【歌意】 散ることをおまえも忘れてくれないものか、やまざくらよ。わたしは家に帰ろうとは思わないのだがなァ。（鈴屋集）

【語釈】 ○なれ――汝・おまえ。親しい者に用いる人称代名詞。○よ――呼びかけの間投詞。○ものを――のだがなァ。詠嘆を含む終助詞。連体形に付く。

宣長は近世きってのヤマザクラびいき。ヤマザクラの花を見ていると、これからは他の草木などわが家の庭に植えないことにしようと思ってしまうのだ、とも詠んでいる。自分が命終したとき墓のそばにヤマザクラを植えよとも言い遺していた。

《**明日よりはかかる桜の木の本はよきてぞゆかむ春日くれけり**》これも宣長の詠。かかる（このような）桜とはやはり、オオシマザクラ・イトザクラ・カスミザクラ・エドヒガンなどとの比較のうえで、ヤマザクラを指しているのは明らか。ソメイヨシノは未だ生まれていなかった。「くれけり」の「けり」はときおり現われる使用法で、未来の予想完了なのである。宣長は見事な壮樹に巡り合ったのであろう。このような木は見なかったことにして立ち去ろう。足を止めたら日が暮れてしまうだろうから。そう言っている。

漠然とした記憶で述べるのだが、私が子供のころに見た京都の桜は、半分ちかくはヤマザクラであった。数のうえですでにソメイヨシノが迫っていたが、未だヤマザクラに及んでいなかった。ところが、昭和戦後からヤマザクラは影を潜めはじめた。その理由の一端は、昭和十七年（一九四二）に官撰された「愛国百人一首」によって、宣長詠《**敷島の大和心をひと問はば朝日ににほふ山桜ばな**》が津々浦々にまで知れわたったことにある。

天智天皇が大津京をひらいたとき、琵琶湖畔に石を敷きつめた島かともみえる帝都が現出したから、「敷島」の語は帝都に掛かる枕詞としてまず生まれ、帝都が大和へもどると大和に掛け、さらに拡大して日本の国土そのものに掛かる枕詞に累進したにすぎない。けれども、忘れてならぬのは、和歌を詠じる行為までが「敷島の道」とよばれ、歌人たちにとって「敷島」が和歌そのものをさす別詞にもなっていたことである。くだんの歌は、「和歌を愛する日本人の心は朝日に耀くヤマザクラの花のように清らかではありませんか」と言っているにすぎない。ところが、たとえば「万朶《ばんだ》の桜か襟の色／花は吉野にあらし吹く／大和男子《おのこ》と生まれなば／散兵線の花と散れ」とうたう軍歌がある。「敷島の大和心」と「山桜ばな」はこの軍歌の精神そのもののような愛国心へ、妄執によって敷衍《ふえん》されてしまったのである。

昭和の戦後、ヤマザクラは軍国主義と戦争の惨禍を思い起こさせるという理由から切られていった。自然に枯朽した老木のあとにはソメイヨシノが植えられていった。現在、京都のヤマザクラは五パーセントにも届かないだろう。

私もヤマザクラ党。この日本原生の桜の復活を望んでいる。ソメイヨシノは美しいがよそよそしいお嬢さまのよう。ヤマザクラは私にとって亡き母の頬笑みを見るかのよう。

宣長——一七三〇—一八〇一。契沖の歌学に啓発されて国学に独自の方法を見出した。古事記研究にも没頭、三五年をかけて『古事記伝』全四四巻を完成。歌学・語学上の研究に大きな業績をのこした。鈴屋集は家集。

22
尋ねつる遠山ざくら散りにけり岩間にまさる水のしら波

宗良《むねなが》親王

[歌意] かねて尋ねた遠山のさくらも散ってしまった。岩の透き間にたまる花びらがふえて、川の水の波ばかりか、水の関知しない波までが立っている。(五百番歌合)

[語釈] ○つる——完了の助動詞「つ」の連体形。○水のしら波——水の白波・水の知らない波、掛詞をなす。

宗良親王は、幼時から藤原定家の末孫にあたる母親に詠作の手ほどきをうけて育った、南朝きっての歌人。建武の新政が破綻して以降、各地を転戦、ようやく四〇年ぶりに帰山した吉野京で一首は詠まれている。

親王は内戦の年間中に成立した勅撰集に南朝歌人の作が全く収集されていないのを慨歎、南朝独自の勅撰集を編むことを思い立ち、帰山早々、その第一歩として、長慶天皇の吉野内裏に南朝歌人二〇名を召集、各自に五〇首の自作を持参させ、五百番歌合を催行した。歌合は二名が左右に分かれて一作ずつ自詠を示し、判者が優劣を決める。二〇名が五〇首、計千首をもち寄って左右に分けたから五百番。宗良親王が判者となり、判歌を示して全番の優劣を競った。

私はこの五百番歌合を読んだあるとき、桜の歌が六〇作あるなか、ほとんどが吉野山の桜を詠んでいるのだが、秀歌を一首選び出そうと鑑賞の遊びをした。ところが、左右の番歌からは気に入る作が見あたらず、これこそ抜きん出ていると感じたのが、七十一番に添う判歌、宗良親王のこの一首だったのである。

七十一番歌を提示してみよう。左《山河の岩もとざくら散りにけり嵐にまさる水の白波》。右《けふもまた遠山ざくら尋ねきて暮れなば花のやどやからまし》。右歌は感情の起伏がうかがえず、着想も陳腐。左歌を優るとみるのは当然だが、「嵐にまさる水の白波」が不明確。強風に散らされるよりも多くの花びらが水にまざって波をなすと見ても、情景が映えてこない。

私は左歌の「白波」を親王が「しら波」としているところに掛詞の二重の表象を味わい、吉野川の支流にかつて目にした岩間の情景をも喚起された。

この判歌を詠じた親王の念頭にはおそらく、散る花びらを波に譬えた源俊頼の先詠、

《桜花散る木のもとに風ふけば水のほかにも波はたちけり》が証歌としてあったことだろう。

宗良親王――一三一一―八五。後醍醐天皇の皇子。五百番歌合を催行したのは一三七五年。そののち、八一年に准勅撰の新葉集を自身が選者となって完成させた。家集に李花集がある。

23 折りてみばちかまさりせよ桃の花おもひぐまなき桜をしまじ　紫式部

【歌意】折って手にとれば、もっと美しく見せてくれるように、桃の花よ。瓶《かめ》に活けてあげたわたしの気持ちなど察せずに早々と散ってしまう桜の花など、もはや惜しまないことにするから。（家集）

【語釈】○ちかまさり――近勝り。近寄って見れば遠くから見るより勝って見えること。○おもひぐまなき――思慮分別がない、思いやりがない。○じ――活用語の未然形に付く、特殊型助動詞。打消の推量を表わす。

詞書が添い、「さくらを瓶に挿して見るに、折もあへず散りければ、桃の花を見やりて」という。「瓶」はここでは胴の丸い大きな壺を想像してよいだろう。その壺に桜を活けてみたところ、時季もすぎ、満開の花が見る間に散り出したのだ。紫は庭の奥に咲きはじめている桃の花に、座敷から目を遣ったのではないだろうか。「折りてみば」の初句に、庭に下りて見れば、の掛詞をも味わえば、含蓄がいっそう深まる。

三月三日の上巳、雛祭を「桃の節句」ともいうではないか。桜は未だ咲いていていないよ。花の順序は、モモが先でサクラは後。そう強調されるむきが多い。

昭和の戦後、平和がもどり、現行暦の三月三日でこの節句を盛大に祝い、雛壇のそばに桃の花を活ける慣わしがブームを起こした。

幼いころから花鋏に馴染んで育った私は、大学生当時、大寒のうちに桃園に入って、未だ蕾の堅い桃の立ち枝を切るアルバイトをした。立ち枝たちは束にされて温室の水槽で日々をすごし、やがて花市をとおしてフラワーショップに引きとられたのだが、つまり、温室で人為的に早咲きを強いられた桃の花が雛祭に辷りこんだのである。

その桃の花には野で自然に咲く花の精気がみられなかった。花托の多くがしもぶくれのような、半びらきの状態で落ちてしまった。現在は生物工学が早咲きの桃を生み出し、植栽されているのだけれども。

上巳の節句も本来の旧暦の行事でありたい。すでに言及してきたように、平均四〇日、日数を遅らせる。三月三日でなく四月十三日ごろともなると、昔からの野の桃が花どきを迎える。

近世、江戸期も雛祭は盛んであった。庭に桜の花の散るさなか、雛壇のかたわらでは、桃の花がほほえむがごとく、枝垂れる青柳と向かい合う。そんな歌も詠まれている。

紫式部――九七〇―一〇一九以降。源氏物語の作者。一条天皇中宮彰子に出仕。後年ふたたび上東門院彰子に出仕した。中古三十六歌仙のひとり。後拾遺集初出。

24
淡《うす》く濃くけふ咲きあへる桃の花ゑひをすすむる色にぞありける　藤原仲実

【歌意】淡いのがあり濃いのもあり、今日まざり合って咲いている桃の花よ。酩酊を勧めてくれているのか、そのような花の風情であることよ。（永久百首）

【語釈】○色にぞありける——「色」は色相・風情の両意を酌みたい。「ぞ」が強調する意の係り助詞。文中に「ぞ」があるとき文末の活用語は連体形で結ぶ。後鳥羽院の一首で既出の「袖の香ぞする」も同様。

旧暦三月三日は、雛飾りが盛んになる以前、なによりも「曲水の宴」をおこない、桃花酒（薬酒）を喫する節句であった。

中国では水浴で「穢《あい》を濯《あら》」うのを趣旨としていた曲水の宴が、日本に伝来してからは、桃花酒を充たした盃を水にうかべ、詩歌を吟ずる催しに変容、平安後期にはとりわけ盛大におこなわれていた様子。

一首は永久四年（一一一六）の詠で、このころの曲水の宴の盃には「鸚鵡《あうむ》の坏《つき》」、オウム貝の背をうがって作った盃がもちいられていたという。濃淡の桃の花が咲く下で曲水に浮かぶ大きな盃をとりあげたとき、盃酒にも花びらが映っていたのではないかと思われる。源忠房の同時詠を添えておこう。《咲きにけり祝ひの水のかげ見えて三千歳《みちとせ》になる桃の初花》。仙界には三千年に一度のみ花を咲かせ実を結ぶ桃の神木がみられるという伝説もおこなわれていた。

仲実——一〇五七—一一一八。堀河百首に出詠。源俊頼・藤原顕季・藤原基俊らとともに院政期歌壇の有力歌人のひとり。金葉集初出。

25
かはづ鳴きなけば咲きぬる山吹のくちなし色にいかで見ゆらむ　藤原道信

【歌意】 蛙が鳴き、蛙の声に合わせて鳴くかのように咲きはじめた山吹なのに、その花の色がどういうわけで梔子《くちなし》色に見えるのだろうか。（家集）

【語釈】 ○ぬる——完了の助動詞「ぬ」の連体形。○くちなし色——クチナシの実で染めた濃い黄色。○いかで——どういうわけで。文末に推量表現をともなう。

古今集によって《山吹の花色衣ぬしやたれ問へど答へずくちなしにして》という素性《そせい》の誹諧歌が伝わる。ヤマブキの花色のような衣をまとう人物は誰か、訊ねるものの、口を無くしたかのように答えがない。そうか、あの衣の山吹色はクチナシの実で染めだしているからなのか、という意。ヤマブキの花の橙黄色は僧綱《そうごう》位の高僧が着する衣の色の一つであったので、歌僧の素性は咄嗟にこんな歌をひねったのであろう。

一首は素性詠を証歌としている作だ。

山吹は水辺を好み、一株ずつに離れて細い花枝が根ぎわから叢生する性質をもっている。大きな株の根ぎわを手で分けてみると、必ずといってよいほど蛙が潜んでいるものだ。蛙の声に呼応して合唱するがごとく咲きはじめたはずなのに、口無し色とは、ちと不愛想ではないか。一首の弄する諧謔であろう。

根ぎわから叢生をして、細くしだれる枝に次々ひらき、咲きつづける橙黄色の可憐な五弁花。春雨に濡れながら森かげなどにひっそりと咲く風情、花筏が流れる小川の岸を彩る風情にひかれる。

いま一作、私のよく口ずさむ山吹詠を添えておこう。《**散る花のあかぬなごりのなぐさめに心うつれと咲ける山吹**》。藤原宣子の作である。

道信――九七二―九九四。才気煥発、「いみじき和歌の上手」と「大鏡」に評され、早世を惜しまれた。中古三十六歌仙のひとり。拾遺集初出。

26 山吹の花みる人をわが宿にたちよる人と思ひけるかな

藤原経衡《つねひら》

【歌意】 山吹の花に見入る人を、わたしの泊まるこの宿に立ち寄る人と思ってしまったなア。（永久百首）

【語釈】 ○わが宿――自分の家・旅先などで泊まるところ。ここでは後者で味わいたい。

本首は後撰集にあって知られる、橘公平女《きんひらのむすめ》が県《あがた》の井戸のそばに宿をとって意中の男性に贈った、《都びと来ても折らなむかはづ鳴く県の井戸の山吹の花》という作を証歌として詠まれている。

「県の井戸」は旧平安京の東北端にみられた伏流水の湧き出る泉で、周囲に山吹の花が咲く名所であった。地方官の勤務地を「県《あがた》」とよぶところからも察せられるように、ここには地方勤務を命ぜられた官人が都を離れるにあたって、赴任地での息災を念じて詣でる祠もみられた。

公平女の歌は——ここに山吹の花をたずねる都びとは、きっと花の風情にひかれて一枝を折り取るでしょう。あなたもこの宿で山吹の花のようにわたしを折り取り、赴任地へ帯同してくれませんか——と、言っていることになる。

経衡の泊まる旅先の宿では、叢生する山吹が庭に垣根をなしていたのではなかろうか。垣根の外からこちらを窺うらしい人影が見える。この宿に泊まる公平女のような存在を訪ねてきた人物なのか。それとも、庭のどこかに待つ密会の相手を探しているのであろうか。そうこうするうち、人影は遠去かってしまったのかもしれない。

一首は「県の井戸」の辞句なくして公平女の往日を想像させ、修辞を削ぎ落としているところに反って深長な含みを感じる。そこに魅せられる。

経衡――一〇〇五―七二。拾遺集から後拾遺集に至る勅撰集空白期に、歌道に執心する数奇者的な六名があって、和歌六人党とよばれている。そのひとり。後拾遺集初出。

27 **かげふかきおどろの朽ち葉かきわけておのれ萌え生づる下蕨《したわらび》かな** 三条西実隆《さねたか》

【歌意】去年の蕨の羊歯状の葉が重なり合って朽ちている、日の光もとおらない「おどろ」をかきわけて、よくも自分の力だけで萌え出るものだなァ、したわらびは。（雪玉集）

【語釈】○かげ――陰。日光のとどかないところ。○おどろ――草木が乱れ繁っているところ。狭義に、繁茂したワラビの成葉が朽ち重なるところ。○おのれ――副詞で、おのずから・ひとりでに。

山吹が咲けば蕨もぼつぼつと鉤あたまをもたげてくれる。ワラビ摘みの時節到来。

ワラビ摘みは成葉の繁茂する状態を秋の山歩きで観察しておくと、このあたりは採れる採れないの見当がつけやすい。とりわけ、おどろの下は掻き分けてみることだ。白く茎の太くて柔らかい、未だ鉤あたまのワラビが姿をあらわしてくれる。

蕨詠の鑑賞では困惑させられることが一つある。それは、すでに味わってもらった紀伊の早蕨詠のように、野焼きで早く萌え出た蕨をサワラビ、時季どおりのをばワラビ・シタワラビと詠むのとは別途に、食用とするワラビ全般をサワラビ、食用にならない成葉化したものをワラビと詠んでいる流れもあること。

一首は、これまた紀伊詠でふれた堀河百首の春二〇種の順序と組題にならって一首ずつを配した項に収まっているので、「早蕨」の題詠にかかわらず「おどろ」の下のワラビであるから、時季どおりのワラビということになる。サワラビならば野の焼かれたあとに出るから「おどろの朽ち葉」を「かきわけ」られるはずはない。

実隆は室町期を代表する大歌学者。このような子細に気づいていないことはなかろう。むしろ、右の子細を暗黙に伝えるために、堀河百首の順序と組題で故意に時季をずらせた情景を詠じたのではなかろうか。

私はワラビが大好物で、若かりしころはリュックを背にワラビ摘みへよく出かけた。

古い話で恐縮だが、一九八〇年ごろであったろうか、イギリスでワラビの食用が禁止されたという記事が新聞に載った。禁止の理由はワラビの成分中から発癌性の物質が多量に発見されたからとあったので、私は青くなった。何日か経って、こんどはやや愁眉をひらく記事がふたたび新聞に出た。発癌物質は毛をかぶった巻芽の部分に含まれるので、アク抜きをした柄だけならば、よほど多量にかつ長期間食べないかぎり差障りないという。長期間というところに不安がのこるものの、牛馬なみの本能で私は苦みを感じる芽に毒性があるかもしれないと予測し、摘んで帰ったワラビはすべて鉤あたまを切り捨て茎だけを木灰でアク抜きして食べていたので、まずは安堵の胸をなでおろしたのだった。

時季どおりの蕨を詠じている愛好する二首を添えておこう。

《けふの日は暮るる外山のかぎわらび明けばまた来むをりすぎぬまに》六条知家。《山人のかへる小坂のみちのべに折りやすげなるしたわらびかな》藤原為家。

実隆——一四五五—一五三七。一条兼良を継ぐ室町期最高の文化人。近世古典学の基礎をきずき、古典文化の伝承につくした業績が大きい。雪玉集は家集で八二〇〇首を収める。

28 紅《くれなゐ》の八入《やしほ》に染むる岩つつじときはの山に春ぞのこれる

大江匡房《まさふさ》

【歌意】濃い紅に染まって岩つつじが咲く。緑一色となった山にいまもなお春がとどまってくれていることよ。（江帥集《ごうのそち》）

【語釈】○八入——数の多さを表わす。「入」は染め汁に浸ける回数を示す接尾語。○ときは——常磐・常緑。

紅という色相は古来、紅花《べにばな》からとる紅汁で染められていた。紅汁に糸・布をつける。揉《も》みしぼりして真水をくぐらせ、また紅汁につける。濃い色に染めあげるにはこの作業を際限もなく繰り返さねばならなかった。「八入」は八重・八雲・八島などと同類の熟語で、指折り数えても数えきれない繰り返しの回数である。ゆえに「紅の八入」は極限にちかく濃い色相をさす。

イワツツジは現在も各地の低山と丘陵に稀ながら自生するヤマツツジの一種。夕暮れちかくにこのつつじに思いがけなく出会うと、花色の深さに金縛りに遭ってしまう。

匡房が歩を踏み入れている山は、桜も散りきって新緑こそまじれ、いつしか緑一色になっていたのであろう。そこに点在するこのつつじの紅が、去ろうとする春を押しとどめているると映じたにちがいない。

匡房にはいま一首、《紅の八入に見ゆる岩つつじ春雨にこそ色まさりつれ》という作もある。春雨に濡れて紅い花の色が艶っぽさを増したと言っていると思うが、よほどこのつつじに魅せられていた様子。

それにつけても、岩つつじは夕日に照り映える風情が鮮やかである。迫る夕闇に浮かび出る紅の深さも気高くさえ見えてくる。

匡房——一〇四一——一一一一。八歳で史記・漢書に通じた神童だった。有職書の『江家次第』を著わす。堀河百首に出詠。江帥集は家集。後拾遺集以下に百余首。

29
ふかみどりはやまの色をおすまでに藤のむらごは咲きみちにけり　恵慶《えぎょう》

【歌意】ここは木々の深い緑がおおう端山の一つ。藤の花が咲き充ちたいま、花紫の濃淡が全山の緑を圧し負かすほどになっているではないか。（家集）

【語釈】○はやま――端山、人里に近い山。○おす――圧す、押す。○むらご――斑濃。同色で濃淡の部分がまざり合う形容。

端山は奥山にたいする前山・外山の意。単独の里山を端山とよぶ例もある。一首では葉山という語感をも味わっておきたい。

藤の花ふさは斑濃《むらご》に見える風情が奥ゆかしい。近づいて紫の花びらを観察すると、色の濃いところと淡いところがある。この濃淡が見た目に溶け合い、花の色の映えが、隈取《くまど》り・暈《ぼか》しを感じさせてくれる。

山中に自生する藤は、木々の梢から梢へ、枝から枝へつるが這い、巻き伝っている。山の斜面が紫の花ふさに縫い綴られてまるで満艦飾。沢登りや渓谷に沿うみちで、突如そういう光景に直面する。

紫の花ふさが木々の緑とともむらごになっている光景は、ときに神々しいほどだ。山そのものを背景に押しやって緑木立のなかに浮き出て揺れる花紫の波に、作者もおそらく呼吸《いき》をのんでしまったのかもしれない。

さて、恵慶は「むらご」という以上、紫の花を目にしているにちがいないが、園芸品種ではない山中に自生した藤の花色はほんらい、東国が紫、西国が白であったという。その植生自然境界線が京都府・兵庫県に分かれる丹波山地だと教わったことがある。そして、紫の藤はつるが右巻き、白藤のほうは左巻き。これを言いかえれば、ノダフジ系の藤が右巻き、ヤマフジ系の藤が左巻きなのであろう。

京都の世界遺産、龍安寺の鏡容池畔に、ノダフジとヤマフジが左右からつるを伸ばして咲き合う藤棚がある。私は長年、この藤棚に憩って、耳もとに旋回をはじめる熊蜂とも誼《よし》みを交わしながら、池の彼方、山ふところの藤波を望見し、恵慶のこの一首を口ずさんできた。

恵慶——生没年未詳。天徳（九五七—六一）寛和（九八五—八七）両年間を中心に活躍

した歌僧。中古三十六歌仙のひとり。拾遺集以下に五五首。

30 **池のおもの水草《みくさ》かたよる松風にみなそこかけて匂ふ藤なみ** 源通相《みちすけ》

【歌意】 池の水面に浮く水草が片寄せられてしまうほど松に吹く風の音が聞こえるなか、岸辺に並び咲く藤の花ふさがすべて、水草が動いて空いた水面から水底にまで映って、美しく色づいてくれている。（延文百首）

【語釈】 ○松風——松に吹く風の音、松籟。○みなそこ——水底（池の底）、「みな」に藤なみのすべてをさす意も。○かけて——掛く（下二段）の連用形＋接助詞「て」。「掛く」は二点間をつなぐ意。

藤を詠じた万葉歌に《**藤なみの影なす海《わた》のそこ清み沈《しづ》く石をも玉とそ我《あ》が見る**》という作がある。天平勝宝二年（七五〇）四月十二日（現行暦で五月二十五日）、越中守であった大伴家持が赴任地の「布勢の水海《みづうみ》に遊覧」して詠じた歌である。――岸辺に並び咲く藤の花ふさがくっきり映えて水底に写っている。なんとこの湖は底まで清らかなことか。沈んでいる石をも美しい玉のようにわたしは見てしまう――。そう言っている。

家持詠を見つめつづけた末に、藤原俊成は《**池水はしづかに澄みて紫の雲たちのぼる宿の藤なみ**》と、一首をものした。

平安期には藤原貴族が自邸に松を高く育てて藤をつたわせていた。とりわけ池に中島を築いて松を植え、藤を添える。それが作庭上の流儀であった。松の不変の緑に皇室の長久を仮託して、摂関政治を担う藤原一族が皇室とともにあることを、藤を添いのぼらせるところに表徴した。

俊成詠は、「中島の松の梢に揺れる藤の花ふさまでが池に映って、水底から紫の雲が立ちのぼってくるかのようだ」と言っている。

通相は後鳥羽院政期に内大臣として権勢をふるった通親から六代の子孫。一首を詠じた延文二年（一三五七）当時、自身も内大臣であった。そして、南北朝のこのころの作庭には藤棚が現われ、その一方、池の中島は藤を取り除き、かつて高く育てた松を盆栽風に丈をつめて横に張らせる風潮がみられる。

通相は自邸に藤棚を設けていたかもしれず、一首は自邸の光景ではないとしても、「みなそこかけて」に、私は池の水ぎわの藤棚から横一線に垂れさがる花ふさを瞼に描いてみた。

「松風」についても一言しておこう。高い松の木の下に立つとき頭上から微妙な振動音がひびいてくることがある。

地上では感じられない風が梢には吹いていて、松の針葉を揺らし擦れ合わせている音だ。松籟・松韻ともよばれるこのひびきが、和歌では「松風」なのである。一首のばあい、池に中島も松もみられなかったとしても、藤棚のそば、池ぎわに高い松がそびえていたのかもしれない。

優雅な藤の花をいかに詠むか。通相は先詠のみせる幽玄さに迫ろうと腐心したことだろう。一首ではその腐心のあと、風合いを味わいたい。

通相——一三二六—七一。北朝、持明院統の重臣のひとり。風雅集初出。

31

さつき待つあやめ短き沼水に花もまぎれぬ杜若《かきつばた》かな　猪苗代兼載

【歌意】五月《さつき》の到来を待つあやめが混ざって茂る沼水だが、あやめの葉が未だ伸びきっていないので、かきつばたも紛れることなく花を見せてくれているなァ。（閑塵集）

【語釈】○まぎれぬ――紛れない。「ぬ」は打消の助動詞「ず」の連体形。

和歌を愛好しながらも、ショウブ・アヤメ・カキツバタ・ハナショウブを混同する人がいらっしゃる。学術的な説明ではなく、私なりの表現でこの四種の区別をまずしておきたい。

ショウブ（菖蒲）――サトイモ科の湿地に生える多年草。花は根ぎわに低く咲く肉穂花序でウインナー・ソーセージのような形をしている。古名はアヤメ。一首に詠みこまれているアヤメはこのショウブのこと。

アヤメ（菖蒲）――アヤメ科の陸地に生える多年草。花はハナショウブに似て花期は五・六月。古名はショウブ。

過去・現在でショウブ・アヤメの呼び名があべこべなのである。

カキツバタ（杜若）――アヤメ科の湿地に生える多年草。花はハナショウブに似て、剣状の最も長い葉の尖端より低く咲く。平均花期は五月初中旬。

ハナショウブ（花菖蒲）――アヤメ科の湿地性の園芸植物。剣状の最も長い葉の尖端より高く花を咲かせる。平均花期は六月初中旬。

なお、四種はいずれも形の似る剣状葉なのだが、ショウブ（古名アヤメ）とハナショウブの葉は見分けがたいほど似る。フラワー・ショップで買うハナショウブの花にはショウブの葉が混ぜて添えられている。理由は、ハナショウブは葉を切り取りすぎると翌年の花のつきがわるくなり、ショウブの葉は現在も沼地や廃田などで採取できるから。

ショウブ（古名アヤメ）は現行暦で六月十五日ごろにあたる端午（旧暦五月五日）の節句に必需の植物であった。それについては48・49・50番歌でみていただくが、一首の作者兼載はカキツバタは咲きはじめているか見届けるためこの沼地に出向いたのであろう。時季はおそらく節気の「立夏」のころ、旧暦四月上旬であるから、端午になくてはならぬ「あやめ」を「さつき待つ」の語句で修飾した。

「花もまぎれぬ」も、うっかりすると「ぬ」を完了の助動詞「ぬ」の終止形とみて、「花もまぎれている」と解することになる。けれども、ここでは「杜若」を修飾しているので、完了ならば連体形で「ぬる」とならねばならない。

ショウブ（古名アヤメ）は成長が早く、みるみる剣葉が伸びあがる。あと十日もすれば、カキツバタの花は叢生するショウブの剣葉のなかに隠れてしまうことになる。作者はその間際の時季であることを気づかせむがため、語句までも微妙な表現をえらんだのであろうか。

兼載――一四五二―一五一〇。宗祇のあとをうけて活躍した連歌師。和歌は心敬に学び、その没後、飛鳥井雅親・雅康に師事している。閑塵集は家集。

32
生ひまじるあやめまこもの沢水に花をへだての杜若かな

中院《なかのいん》通勝

【歌意】あやめとまこもが混じって育つ沢水に、交ざりたくないといった風情で垣のよう

に列なって咲いているなァ、かきつばたの花が。（家集）

概して歌集では、節気の「立夏」に少し先立つ花、暮春の花として杜若詠は採られている。

カキツバタは一つの株から伸びあがる花茎が一本。原種にちかい植生は花茎に三英の花を咲かせる。頭英がまずひらくが、その末だまばら咲きの風情を佳とする歌人が多かった。後撰集など夏歌として杜若詠を採る歌集もある。「立夏」もすぎて満開時の花を賞美の対象とすれば夏の部に入集してふしぎはない。このようにカキツバタは春と夏の境の花である。定家は《**沼水のあたりも匂ふかきつばた今日のみ春とみてや帰らむ**》と詠じているが、境の機微を巧みに表現した作といえるだろう。

一首は天正十八年（一五九〇）の詠。秀吉が小田原城に北条氏を攻めた年である。近世初頭のこのころともなると、カキツバタに「春夏隔壁」をみる観点はさすがに飽きられてきていた。とはいえ、沼沢には草本がいろいろと交ざり合う。通勝はそこで春夏隔壁を言外にふくませるにとどめ、「垣」の音韻のゆかりで、この花の風情を他の草本とのつながりを断つ仕切りに見立てたのだろう。

秋が近づけば優に一メートルを超えるマコモも未だ幼苗で、菖蒲《あやめ》・真菰《まこも》・杜若の三者はともにその剣葉が背丈くらべの状態にある。花をさておいて、三者の叢生する剣葉が依然として春夏の隔壁をなしているかのよう。

通勝――一五五六―一六一〇。細川幽斎に歌道を学び、古今伝授を受ける。江戸開期の堂上歌壇で指導的地位に立った。源氏物語の注釈書『岷江入楚《みんごうにっそ》』などを著わす。

夏歌の部

33
花も散り霞も消えしきのふけふ青葉の山の峰ぞまぢかき　西園寺実兼

【歌意】 遅咲きだった桜の花も散り、春霞も消え果てた昨日きょう、山はすっかり青葉一色、その山の峰が距離まで縮まったかのように間近く迫って見える。（文保百首）

旧暦では四・五・六月が夏。歌題がともなうばあい、夏の季歌は「更衣・首夏・新樹」といった題を冒頭に詠じはじめられていた。

更衣はすなわち衣がえ。節気の「立夏」または四月一日に、袷《あわせ》から裏をつけない単《ひとえ》に、男性のばあいはさらに旬日をおいて「蝉の羽ごろも」とよばれる超薄物、羅《ら》か紗《しゃ》の直衣《のうし》などに改めていた。

首夏・新樹の二つは同工異曲の歌題。自然の移りゆく情景、樹々の色合いなどにまず夏到来の気配を味わおうというのである。

定数歌のばあい、堀河百首に倣おうとするものは夏歌を更衣から詠み出している。文保百首からは春歌12番で為実詠を採ったが、この定数歌は歌題の撰択を作者の自由に委ねていた。そこで、一首は夏歌の冒頭にみられる。実兼は首夏・新樹のほうの趣旨でこの歌を詠じたことになる。

花も無く霞も消えて新樹の季節が到来した。冬のあいだ葉を落としていた木々たちが新緑を萌えたたせ、常緑樹の濃い緑とのあいだに濃淡はあるものの、山肌はあますところなく青葉一色。山そのものが生命力の塊《かたまり》にみえる。青葉の茂る山の峰が生きいきと迫り出してくるかのようだ。

実兼――一二四九―一三二二。伏見皇后永福門院・亀山皇后昭訓門院・後醍醐皇后京極院の父。両統迭立を生み出した政治家として、鎌倉幕府との仲介に権勢を振るった。続拾遺集以下に二〇九首。

34
日かげさす露のひるまを盛りにて色も匂ひも深見草かな
後水尾院《ごみずのおいん》

【歌意】日の光を遮って朝露が未だ乾《かわ》かないあいだ、その短い時間を勢いのある状態に保

ってくれて、名のとおり色合いも美しさも深く見えるなァ、牡丹の花は。(御集)

【語釈】○日かげさす――日の光を閉《さ》す、閉《と》ざす。○ひるま――乾《ひ》る間、干あがるまで。

○深見草――牡丹の異名。

牡丹で思い起こすのは大和の長谷寺《はせでら》。仁王門をくぐり、本堂へのぼる長い登廊の周辺が牡丹の園である。飛び石連休の前後、咲き溢れる花のなんと艶麗なことか。牡丹は園芸品種が多彩なので、いつだったか、植栽されている数を訊ねたところ、百五十種、七千株を超えるということだった。

牡丹の原生地は中国の山東・江蘇両省である。

唐の僖宗《きそう》に「馬頭夫人《ばとうぶにん》」とあだなされる妃があった。名のとおり顔つきが馬を連想させてよろしくない。夫人は長谷寺の本尊十一面観音像を日本の皇室に出仕する女性たちが挙って信奉していることを聞き知っていた。馬頭夫人はいつしか、人並みの容貌にしてほしいと、海をへだてて長谷観音に念誦する日々を送った。すると、ある夜の夢に香瓶を手にした長谷観音が現われて、この香水を顔に塗るようにとうながす。夢に夫人は何回も香水をつけた。翌朝、夫人が鏡に顔を映すと、なんとその顔のうるわしいこと。この日以来、夫人は僖宗の寵愛をうけたと伝わる。

唐暦の乾符三年（八七六）六月、馬頭夫人は現在の寧波《にんぽう》から大船を仕立て、もろもろの献上品を長谷寺へ贈った。これは源氏物語「玉鬘」などからも察せられる事実で、献上品のなかに牡丹の原木もあったのだと思われる。

「牡丹」の名はすでに大和政権期に知られていたが、植栽されたとみなせる記述はない。文献上で私の知る最初の植栽記述は、『枕草子』にみる長徳元年（九九五）である。そこで、牡丹すなわち深見草は長谷寺でまず植栽され、この観音霊場から皇室に上納されて大内裏でも植栽されるようになり、平安京に暮らす殿上層の人たちのみが早くから賞美していたと考えられるのだ。

常民層も愛翫できる花卉として植栽ブームが起こったのは江戸初期となってから。

後水尾院は巷間のブームに呼応するごとく、譲位して以降の寛永年間（一六二九―四四）に、仙洞御所において「牡丹見御会」を年ごとに催したとみられ、一首はその御会における作である。

日中にこの花を見るときは、棚をかけ、幔幕を上に張って日光を遮り、対面すること。『長物志』などで伝わる中国の賞翫作法なのだが、わが国でもこれを拳拳服膺してきている。

繊細微妙な花である。直射日光をあびると花の機嫌がわるくなる。花弁の光沢が失われて確かに色が暗くなってしまう。

後水尾院――一五九六―一六八〇。一〇八代天皇。明正天皇（皇女）に譲位（一六二九）後も後光明・後西・霊元（いずれも皇子）を天皇に立て、自身は仙洞にあって政務を執った。詩歌に長じ、近世前期の堂上歌壇における中心的存在。

35
卯の花の青葉まじりに咲きぬれば垣根も小忌《をみ》の衣きてけり　小大進《こだいしん》

【歌意】 卯の花が垣根の青葉の茂りに交じって咲いたときは、垣根そのものが青と白のあざやかな小忌衣を着たように見えたのだった。（久安百首）

【語釈】 ○ば――接助詞。活用語の已然形に付くとき、以下の事態の発生に気づいたことを表わす。○てけり――上記の作用を回想する意を表わす。「て」は完了の助動詞「つ」の連用形。

「卯の花」は本ウツギの古名。ウツギ類はヒメウツギ・バイカウツギ・ウラジロウツギ・本ウツギの順に開花するといってよいと思う。かつてその開花が京都では、ヒメウツギが五月十日ごろ、本ウツギは五月二十日ごろであった。

旧暦四月を「卯月」とも「卯の花月」ともよぶ。本ウツギにてらしていえば、暦の四〇日の較差で、往日の平安京の四月は、家々の垣根といい、四周の山々の裾野といい、どこを見ても犇めくように咲くこの花木の白い集合に彩られていたのであったろう。

小忌衣は神事・祭事にたずさわる官人たちが装束のうえに着た衣。白布に草花や小鳥などの模様が山藍《やまあい》であざやかに青く摺りこまれてあった。

京都では葵祭の中心の式典、路頭の儀が五月十五日におこなわれる。旧暦では四月の先の酉《とり》の日がこの盛儀にあてられていた。小大進は左大臣邸に出仕していた女房で、折から邸内では路頭の儀に随行する家人たちの着る小忌衣の陰干がなされたのではあるまいか。卯の花の開花は未だかと待ちわびる日々だった小大進。ところへ、小忌衣の陰干を差配することになったので、思わず知らず口を洩れた、これは一首なのでは。

小大進――生没年未詳。小侍従の母として知られる。左大臣源有仁《ありひと》に出仕していた。久安百首は崇徳院の主催で久安六年（一一五〇）に成立をみた。金葉集初出。

36
月はまだ山の端くらきたそかれにひかりさきだつ庭の卯の花　宗祇

【歌意】 月の出は未だし。山の稜線が薄暗い夕暮れどき、月に先立ってあたりを明るくしてくれる、庭に咲く卯の花が。（家集）

【語釈】 ○山の端――遠くから見る山の稜線。○たそかれ――黄昏。たそがれと濁るのは近世以降。○ひかりさきだつ――（月の）ひかりに先立つ。（卯の花が）ひかり咲きたつ、とも酌みたい。

卯の花は低木で白い小さな五弁花、それが総状に集散して咲くから、白さの全容に周囲を明るくする力がある。

新古今集は「夏歌」の巻頭に著明な《**春すぎて夏来にけらし白妙の衣ほすてふ天の香具山**》を配するが、この「白妙の衣」を歌人の多くが卯の花の比喩的表現と解したほどである。忘れものの補足めくのを許していただけるならば、《**白妙の衣ほすてふ夏の来て垣根もたわに咲ける卯の花**》と詠じた定家などは、小大進の前作をも下敷きにしているのかもしれない。

卯の花の白さはさらに、時をもわかず降れる雪、消えのこる雪、木の間を洩れる月の光、白波の打ち寄せるさま、などに譬えられて、宗祇の活躍した室町中期に至っていた。一首は、卯の花の映えを月の光に見立てる作が多いなか、月そのものを黒子に押しやっているところに、俳諧性まで覗き、味わいぶかい余情を感じる。

私は少年の日、鬼ごっこで路地を走りまわり、卯の花垣の茂みに身を潜めたことがあった。夕暮れの路地をほんのり照らしていた花の集合が、一首を口ずさむとき瞼によみがえってくる。
卯の花は暗闇に白さが映える。自然の明るさから受ける刺激が絶えることによって反って発光する性質が花の白さにあるのかと疑われるほどだ。宗祇同様、そこに歌境を見出している作を二首添えておこう。

《真柴刈るしづないそぎそ卯の花に夕闇もなし小野の細道》藤原実家。**《卯の花やくれなむみちのひかりとも折りそへてゆく谷の柴舟》**三条西実隆。

宗祇——一四二一—一五〇二。室町期を代表する連歌師。古典学者としても活躍。近世の「古今伝授」は東常縁《とうつねより》が宗祇に伝授したところにはじまる。

37 **ふかみどり若紫に染めてけりあふちまじりの繁み木立は**　殷富門院大輔《いんぷもんいんのたゆう》

【歌意】　ふかい緑を若紫の色に染めかえたように見えたのだった。花の咲く楝《おうち》がまじる繁み木立は。（夫木和歌抄）

【語釈】○染めてけり——「染め」は、染む（他動詞下二段）の連用形。「てけり」は35番歌の語釈参照。

オウチは庭木・街路樹として植えられ、現在はセンダンの名で知られている。「梅檀《せんだん》は双葉より芳し」のセンダンと勘違いをなさらないように。現在のセンダンは、インドなどに産する香木とは全く異なり、わが国で古くから楝とよばれてきた落葉高木なのである。私はセンダンの名を廃してオウチの名を復活させたいとかねてから願ってきたので、まずそのあたりの動機から述べておこう。

密教に梅檀講とよぶ行事がある。赤檀・白檀・紫檀などの香木を護摩木とともに燻《くゆ》らせ、薫香を呼吸して心身の浄化をはかる。古くから近江の園城寺《おんじょうじ》（三井寺）の善神堂で四月十六日（現行暦五月二十六日前後）にこの行事が勤められていた。西鶴・近松の作品にもその賑わいが触れられているから、近世ではひろく知れわたる大きな行事であったらしい。

私は以前、園城寺をおとずれたとき、善神堂を取り囲むかたちで植栽されているオウチの若木たちを実地に見て、はてなと目を見張った。古図にあたったところ、オウチらしき木が善神堂のまわりにやはり描きこまれてある。五月二十六日前後はオウチの花盛りの時季だから、なるほど、そうかと膝を打った。

善神堂に参詣した人たちが、講当日の思い出を語り合ううち、梅檀講に咲いていた花・梅檀の花・梅檀と、楝は呼び名を推移させていったのではあるまいか、と。

足駄《あしだ》という履物《はきもの》を知る人は少なくなってしまっただろうか。台は桐《きり》でカシかケヤキの二枚歯を嵌《は》めた下駄のことである。旧一高生・三高生たちはスギかヒノキの分厚い台にこれまた分厚くて長い二枚歯を嵌めた高足駄を履き、カラッ・コロッと音をたてて街頭を闊歩していた。私は教育制度が改まった新制六・三・三の二回生。新制高校生となるなり私も念願だった高足駄を履いたのだが、この履物、歯が磨り減るごと新たに嵌めかえねばならない。あるとき、下駄屋の爺ちゃんが「こんどの歯はオウチや」と言った。オウチという名を憶えることになったこれが最初であった。

島原の太夫が花魁道中をするとき一枚歯の高足駄を履く。台も歯も材はオウチと昔から定められている。女児が生まれるとキリを植える。成長して他家へ嫁ぐときキリも生長している。そのキリで箪笥など嫁入道具を調えるために。同様の理由から昔はキリではなくオウチが植えられていた。下駄屋の爺ちゃんからそんなことをも私は教わった。和歌に親しむようになって以来は、室町期をさかいに楝と桐を詠み合わせる作が現われているのも納得できる思いがした。

オウチの歯の高足駄を履いて間もなく、植物事典でオウチを調べ、なんだ、小さいころに遊んだ公園の木ではないかと、これまた苦笑したことがある。

『徒然草』四十一段に、この木に登って上賀茂神社の競《くら》べ馬を見る法師が寸描されている。馬の試走のあと本走までには「あやめの根合わせ」という神事が挟まるので退屈だったのか、法師は木のうえで睡魔におそわれ、落ちそうになって幹にしがみつく。オウチは股をひらいたように幹分かれをみせて、登りやすそうな樹形に育つ。小さい私も公園でこの木を見るごと登ってみたい衝動をおぼえたものなのだ。

物をぶらさげるにも便利で目立つにちがいない木だから、穏やかでない話もある。『平家物語』は平宗盛父子の首級が平安京の獄門で楝の木に曝《さら》されたと記す。私は高知城の追手門わきに大樹を見あげたことがあって、あの楝も元を正せば、手柄の首級や戦利品を吊るすために植えられたのであろうと思う。

さて、楝は自然の森に久遠の昔から原生して、森の主のごとき顔をもした樹木なのかもしれない。現在も常緑の木々にまじって森のなかでも存在を示している。

私は時季遅れの藤の花かと疑い、遠目に淡紫の映えをみせる叢林に近づいたことがある。楝の花盛りであった。一首を詠じた大輔も私が疑ったような木立を遠目にしたのであったろう。

オウチの花は色こそ淡紫で異なるが、卯の花同様の小さな五弁花。やはり総状に咲く集散花序である。これが風をうけて一挙に散るから地はカーペットを敷いたごとき観を呈する。《**夏草のしげみの花とかつ見えて野中の森に散るあふちかな**》と詠じたのは正徹。これまた一首同様に、少し距離をおいた遠見の光景であろうか。

殷富門院大輔――一一三一頃―一二〇〇以前。後白河皇女亮子内親王（殷富門院）に出仕。晩年は歌道と仏道に徹して、定家・家隆などから敬慕された。千載集以下に六三首。

38
袖ふれし人の形見かふるさとに匂ひをのこす軒のたちばな

西園寺実材母《さねきのはは》

【歌意】袖をふれ合ったあの人のこれは形見なのかなァ。懐かしい思い出の地にいまも香りをとどめてくれている、軒端のたちばなの花は。（家集）

【語釈】○か——終助詞。体言に付いて詠嘆を表わす。○ふるさと——何か思い出となる出来事のあった土地。

卯の花・楝・橘《たちばな》の順に花どきがくる。

タチバナの花もウノハナ同様に純白の小さな五弁花である。小葉が密生する緑の濃くふかい枝々に、まるで星屑をちりばめたように小さな粒花が咲き充ちる。初夏の日をあびて煌《きら》めくその花ばなから、爽やかな芳香が匂いたつ。

粒花というのは、ウノハナ・オウチのような集散花序ではなく、単独の花冠であり、しかも五片の花弁が融合したままで粒状の合弁花冠であるということ。「玉に貫《ぬ》く」といい、青年たちが粒花の一つ一つを糸にとおしてネックレスをつくり、意中の女性に贈ったりしているほどなのだ。

女子が出生するとオウチが家の外面《そとも》に植えられたのだが、平安京の社会には、男子が出生すると座敷の軒端にタチバナを植える習わしがあった。

男性は橘の木が大きくなるのを見ながら育っていった。そして成年に達したとき、女性が梅の香を衣服にたきしめたように、男性は平生の嗜みとして、軒端に咲いた橘の花の香を上衣の袖に薫《た》き染《し》めた。

一首はもちろん、『伊勢物語』などでもよく知られる《**さつき待つ花たちばなの香をかげば昔の人の袖の香ぞする**》を証歌として詠まれている。

この作者、実材母のかつて愛した、別れて久しい男性も、直衣《のうし》の袖にたちばなの花を忍ばせていたのであろう。彼女自身も梅の香を袂にたきしめて、衣服を匂わせ合ったのかもしれない。

忍び逢いをした土地の宿には橘の木もあったのでは。あの橘はいまも咲いているだろうか。作者はじっさいにその宿を訪れてみたのかとも思われる。

実材母――生没年未詳。舞女出身とされ、金閣寺前身の西園寺殿を建立、勢威をふるった西園寺公経《きんつね》（一一七一―一二四四）の愛妾となり、権中納言実材をもうけた。長生して永仁初年（一二九三）ごろの没か。

39
遅くきて悔しといはむ人のため香をだにのこせ軒のたちばな　真観

【歌意】 遅れてきて、相手の姿がないのを残念がる女性があるだろう。そういう人のため、花を散らせてもせめて香りだけでもとどめなさい。軒端に咲くたちばなの木よ。（建長八年百首歌合）

万葉集には拠らず、山部赤人が家集に採っている無名歌一詠を引き合わせよう。

《風に散る花たちばなを手にうけて君がみためと思ひつるかな》――風が散らすたちばなの花を掌にうけ、袖に忍ばせたとき、これもあなたのためにするのだと思ってしまったことだ――。

《わが屋戸の花たちばなは散りにけり悔しきことにあへる君かも》――わが家のたちばなの花は散ってしまった。残念だが、あなたは親の命ずる男性と契り合わねばならなかったのか。そうでなければよいのだが――タチバナが咲く日々、いつも花の香を身につけて意中の女性の訪れを待ったのだが、彼女はついに現われなかったのであろう。

一首はこの二詠目を本歌に取っている。真観も私同様、赤人が書き残した、これら無名男性の古歌に愛着していたにちがいない。

真観――一二〇三―七六。俗名葉室光俊。反御子左派を結集。宗尊親王に作歌を指導。新撰和歌六帖作者のひとり。続古今集撰者のひとり。新勅撰集初出。

40 **返りこぬむかしを今と思ひ寝の夢の枕ににほふ橘**　式子内親王

【歌意】 立ち返ってはこない往日を夢でだけでも現在に取りもどせないかと思い、就寝したところ、その夢のなかに橘の花の香が匂ってくれたではないか。（正治初度百首・新古

今)

『伊勢物語』で《いにしへの倭文《しづ》の苧環《をだまき》くりかへしむかしを今になすよしもがな》という詠が知られる。一首にはこの古歌を証歌とした作とみる解釈がなされてきた。「倭文」は古来の質素な織物の総称。「苧環」は内部のほうから糸が出るように巻いてある糸玉。古歌の意は――昔から倭文の布を糸玉から糸を間断なく繰り出しながら織っている。あの倭文の糸玉を元へ繰りもどすように、あなたとの昔の日々を今に取りもどせないものか――と言っている。

この古歌を俎上に、式子はどんな人物との日々を取りもどしたいと願っているのか、そして、《さつき待つ花たちばなの香をかげば昔の人の袖の香ぞする》をも加えて、式子の夢の枕に匂った橘は、誰がいつどこで薫き染めていた袖の香かと、侃《かん》かん諤《がく》がくの議論もくりかえされてきている。

式子の意中にあった人物を藤原定家とみる説が一般である。もしそうならば『明月記』のなかに心の交流をうかがわせる何か痕跡が現われるだろう。けれども、私はこの尨大な定家の日録のどこにもそれを感じることができなかった。

式子の意中にあった人物は日本浄土宗を開教した法然。立ち返ってほしかったのも法然とめぐり会い忍び逢った日々なのである。

最初の出会いは安元元年（一一七五）、その場所は下鴨神社であった。式子はすでに賀茂斎院を退下していて、女人済度を説く法然の説法を偶然に聴聞した。再会は四年後の治承三年（一一七九）。法然は四七歳、式子は三一歳。このとき式子は《**思ふより見しより胸にたく恋のけふうちつけに燃ゆるとや知る**》と詠じている。

斎院は退下をしても未婚で一生をおわるのが不文律。聖《ひじり》である法然も同様。ふたりは身の清浄を保ちつつ文通と密かな逢瀬を重ねていった。

式子の家集にはこんな述懐詠がみえる。《**露の身にむすべる罪は重くとももらさじものを花の台《うてな》に**》。式子は異母弟道法法親王の勧めで真言の諸仏に結縁する修行を行っていた。だから、「花の台」すなわち浄土欣求はその行為に離反する罪となる。

法然は右の歌にたいして《**露の身はここかしこにて消えぬとも心は同じ花の台ぞ**》と返している。

さて、一首が詠まれたのは正治二年（一二〇〇）、橘の咲く頃合いであったろうか。後鳥羽院主催の百首歌で、詠みためてあった作からの出詠とみても、さほど遡らないだろう。式子はかねてから乳癌を患い、この年の秋には病いが篤くなっていった。

翌建仁元年（一二〇一）初春、命終が迫っている式子に贈られた法然の手紙には、「このたびまことに先立たせおはしますにても（中略）、ついに一仏浄土に参り会ひまいらせ候はむことは、疑ひなく覚え候（中略）、かしこにて待たむと思し召すべく候」と、切々とした口上がみえる。

法然はさらに次の歌をのこしているが、詠じたのは式子薨去後まもなくであったろう。

《われはただ仏にいつかあふひくさ心のつまにかけぬ日ぞなき》――わたしはただひたすら、阿弥陀仏にいつの日か会おうとしている比丘《びく》（僧侶）です。心の端《つま》（一隅）で阿弥陀仏を思っていない日はありません――。

さらに「あふひくさ」を「会ふ比丘さ」のみでなく「葵草《あふひぐさ》」とも読む。「心のつま」をも「心の端」とも「心の妻」とも読む。そこに式子が現われてくる。――わたしは浄土で仏となっている式子にいつの日か再会しようとしている比丘です。賀茂上下両社の清め草、彼女がいつも手にしていた葵草そのもののように清らかな式子を、心の妻と思っていない日はありません——と。

式子がいつも人目を忍んで法然と逢ったのは、糺の森の緑に包まれた下鴨神社の境内であったのだろう。待合わせの場所には橘の木があったのだろう。

式子内親王——一一四九—一二〇一。後白河皇女で一一歳から二一歳まで賀茂斎院。歌は俊成に師事した。新古今歌風を代表する女流。千載集以下に一六四首。

41
たちばなの花ちるころはわが屋戸《やど》の苔地《こけぢ》に人のあともみえけり　　加藤千蔭

【歌意】たちばなの花が散る頃合いは、わが屋敷の庭苔のうえに人の踏み跡もみえたものだ。（うけらが花）

江戸の文化も爛熟期に近づくとこんな一首も現われる。頬笑まずにいられないのは私ばかりではないだろう。

備忘帖によれば昭和六十年（一九八五）のこと。私は雨あがりの平安神宮神苑を散策しようと家を出た。応天門をくぐって目をやった大極殿のきざはしの下、「右近の橘」の周囲の地がきらきら光っていた。小砂を敷いた地が白いコンペイトーを撒きちらしたように粒立つ美しい光景だった。

大気が匂うので私は掌にした五粒ほどの落花を嗅いでみた。これはいま使用中のヘアリキッドの匂いに似るが、はるかに佳い。なんと爽やかな香りだろう。瞬間、そう思った。帰宅してリキッドの瓶の細かい文字をたどったところ、香りの主成分を「柑橘類」と記してある。なるほどと納得したこの嗅覚体験から、橘を詠じているたくさんの和歌が私の心の琴線にふれるようになっていった。

私は夏のスーツのポケットに数粒ずつの花を忍ばせるようになり、年月が経過したが、平成二年（一九九〇）の六月八日、大極殿下で砂地に散る粒花を拾い集めていた私は、「何になさるのですか」と、見知らぬ婦人から声をかけられた。

「お茶に浮かせるのもいいかもしれませんよ。ほれ、いい薫りでしょ」。

私は《橘の花酒にうけうたげする夜くだち鳴かぬ山ほととぎす》という正岡子規の短歌があることなどを言い、なお星のように煌《きら》めいている花粒を婦人にお裾分けした。

請われて私のなりわいを明かしたからか、後日、花を紅茶に浮かせたと婦人から便りがあった。「プルーストの記憶がマドレーヌを浮かせた紅茶から花咲いたように」橘の香も効き目があってお茶の時間を楽しくすごせたらしい。

返信を書かなかったので婦人とはそれきりとなったが、『失われた時を求めて』から触りの一個所を引き合いに出すとは相当なお人柄。右近の橘のたもとでの立ち話だったひとときが、私には「返りこぬむかし」の一齣となっていった。

千蔭は「橘八衢《はちく》」という狂号をもち、一首には「閑庭橘」と題が付されている。「八衢」は多くの径を意味するから、他の詠作から推測しても、千蔭屋敷の庭には分かれ径が交錯するほどたくさんの橘が植えこまれていたのであろう。そして、私のような花盗人が出入りするのを千蔭は黙認、いな歓迎さえしていたのであろうと思われる。

千蔭——一七三五—一八〇八。江戸町奉行所与力などの公職を退いてのち、歌作と古学の習得に専念。古今・新古今を重んじた歌風で、優雅・機智に富む作が多い。村田春海と共に江戸派の双璧をなす。うけらが花は家集。

42
茂りあふ野原の草にかくろへて夏にしられぬ小百合葉《さゆりば》の花　九条隆教

【歌意】茂り合う野原の草葉のかげに隠れて咲くから、百合は夏の花だということすら知られていない。愛らしい風情の花なのに。（文保百首）

【語釈】○かくろへ――隠ろふ（下二段）の連用形。○小百合葉――「小」は接頭語。百合はササユリをさす。

百合は万葉歌以来、サユリ・ユリ・ヒメユリいずれかの名で和歌にあらわれる。サユリ・ユリはおおむねヤマユリ・ササユリをさしてきたと思われるが、ヤマユリは茎の丈が長く目につきやすいから「かくろへて」という表現はそぐわない。笹の茂みなどを分けてゆくと不意にあらわれる花、それゆえ笹百合とよばれることになったにちがいない種が、ここには詠まれているだろう。

ユリの各種のなかでササユリはとりわけ清楚で貴《あて》やかに思われる。山歩きで弁当をつかった休憩どきなど、目的もなく草を分けてあたりを歩きまわったりする。そういうとき、思いもかけず、露をふくんだ百合の花にほほえみかけられる。私は北陸の倶利迦羅峠の山中で不意に目の前にあらわれたササユリがあまりに可憐だったので、声をあげ、同行の人たちを花のもとへ手招きしたことがある。その日は六月二日だった。

百合は将来を意味する「後《ゆり》」と同じ語音なので、「夏にしられぬ」という表現も含み深長。夏の草花の代表とみなされるナデシコに遅れることなく咲くにかかわらず、こちらは夏の花ではないかのようにナデシコの陰にも忘れられがちで可哀相ではないか。滅多に人の気づくはずがない笹百合の一輪を見出した作者は、そんなふうにも愛惜をこめて言っているようだ。

隆教——一二六九—一三四八。両統迭立期の主要歌人のひとり。晩年に佳き歌を詠み、歌合などでの披講の様子が堂々としていたと「井蛙抄《せいあしょう》」にみえる。新後撰集初出。

43
谷のかげ軒のなでしこいま咲きつ常より君を来やと待ちける　木下長嘯子

〔歌意〕 谷かげと庵室の軒下に現在は撫子《なでしこ》が咲いている。このところいつもいつも、来ないのか来るはずだがと、花と一緒にあなたの来訪を待っているのだが。（挙白集）

〔語釈〕 ○つ――瞬時完了は「ぬ」、この助動詞は継続完了を示す。○や――疑問・反語の意を表わす係助詞。これが文中にあるとき文末の活用語は連体形となる。「けり」は「ける」に。

詞書が添って「たけのこいつつをくるといふことを句の上下におきて、ある人のもとへつかはしける」とある。

各句の頭に物の名などを一音ずつ配した、遊戯的に詠じられている和歌を「折句」とよぶ。一首は末音をも用いた二重折句。「たにのかけ、のきのなでしこ」と、順どおり句の頭音・末音をつないでいくと「竹の子五つをくる」という語句が現われる。

長嘯子は一首を詠じた当時、京都洛西の大原野に隠棲していた。大原野といえば孟宗竹の筍《たけのこ》の産地として知られるが、禅僧隠元《いんげん》の来日とともに中国から孟宗竹がもたらされたのは、長嘯子の没後五年のこと。ここに折りこまれているタケノコは淡竹《はちく》。地上へ五〇センチほどまで頭を出した淡竹の子がこの当時は食用に切り取られていた。その盛期といえば現行暦で五月の末であったろう。

ナデシコは年間をとおして何回も花をみせるから花期が長い。しかし、こちらも盛期は五月末から六月中旬にかけてであった。

作者の草庵では、軒下にも庭をへだてた谷かげでも、すでに何日も前から撫子が花をみせていたのである。

生垣がわりの淡竹の植え込みからは筍が頭を出した。長嘯子は友に与えるためにも自分の手で、筍を掘り起こすか切り取るかしたのであろう。

「撫子を待っていたら、次々と咲いてくれて、今はすでに花ざかりさ。淡竹の子もこうして伸び立ってくれた。未だに顔を見せてくれないのは君だけさ」。

折句の真意を右のごとく汲んだにちがいない受け取り主は、いかなる対処をしたか。苦笑いして早々に大原野をめざしたのであったろうか。

ちなみに、「竹の子五つをくる」の「をくる」は、贈《おく》るでも送《おく》るでもない、「を呉《く》る」である。「呉る」の意は、物を与える。竹の子の受け取り主はかつての家臣なので、このような詞書になったのかも。

長嘯子――一五六八―一六四九。北政所の兄木下家定の男。関ケ原合戦の直前、若狭小浜城主の地位を捨てて隠棲。細川幽斎から古今伝授。清新な歌風で近世初期歌壇に大きな位置づけをえた。挙白集は家集で芭蕉の愛読書となった。

44
垣根にはむぐらの露もしげからむすこし立ち退けやまとなでしこ　源俊頼

【歌意】 垣根にはつる草が巻きついていて滴下する露が多いから、うっとうしいだろう。少し離れなさい垣根から、やまとなでしこよ。（和歌一字抄）

【語釈】 ○むぐら――葎。狭義にはヤエムグラ（八重葎）をさし、広義には茎がつる状を呈する草の総称。○しげからむ――形容詞の連用形語尾「く」に動詞「あり」が付く形

「しげ（繁）くあらむ」から約《つづ》まった言い回し。

中国原生のナデシコに瞿麦《くばく》と石竹《せきちく》がある。日本では山に働く人たちが日本原生の瞿麦を山小屋の戸口などに植栽、小さな子を撫でいつくしむがごとく育てていたが、歌人たちがその様子をみて、日本の瞿麦を「山戸撫子」とよんだ。やがて中国から石竹がもたらされて「唐撫子《からなでしこ》」とよばれることになったから、山戸撫子は「大和撫子」へ漢字名をしだいに推移させたようである。

ヤマトナデシコは茎細くしなやかで花の色は深紅、伏臥性に富む。私は昭和の戦前、少年のころからこの花に愛着してきたのだが、いつしか絶滅してしまったらしい。そこで現在は、原種に似る花を探して賞翫する人たちの仲間入りをさせてもらっている。

カワラナデシコ（河原撫子）とヤマトナデシコを同類とみる説があるのだが、それは納得できない。萼が長く伏臥性をみせるところは似ているものの、カワラナデシコは花の紅色があまりに淡い。茎と披針形の葉が銀白みをおびているのも疑う理由だ。カワラナデシコはカーネーション（西洋ナデシコ）の系統に属するのではないだろうか。

《庭の面にからくれなゐのこまにしき敷けるとぞみるやまとなでしこ》藤原実方。これは一首にやや先立つ「瞿麦」題詠で、韓紅《からくれない》の高麗錦《こまにしき》を敷いたがごとくであるという「からくれなゐ」は、紅のなかで最も濃い色相、言い方をかえてヤマトナデシコの花の色は、臙脂《えんじ》にちかい濃い紅、黒みをおびているが暗くはない深く冴えた紅色なのだ。

この機会に和歌にみる複雑な事情にもふれておこう。万葉歌では瞿麦・石竹の字を用いて両方をナデシコと読んでいる。もちろん詠じられているのは日本のナデシコである。平安期となって石竹が渡来したところから、瞿麦《くばく》にナデシコ類を総称する概念を付与している。瞿麦そのものは渡来していないものの、大和撫子は瞿麦に似るという伝えがあって、歌会では「瞿麦《なでしこ》」という題のもとに、歌人たちは大和撫子（山戸撫子）・唐撫子（石竹）・床夏（常夏）を詠み分けた。ちなみに、床夏は山戸撫子と石竹の交配によって生じた新種のナデシコであった。

閑話休題。垣根を伝いのぼるつる草の下では、したたり落ちる水滴が痛いだろうし、うるさいだろう。自在に茎をしなわせ地を這うことさえできる草花なのだから、少し立ち退いてはどうか。一首は撫子をいたわり励まし言っているが、ときに私も同じように呼びかけたくなる。

《夏草の下ゆく水に分けられて二方《ふたかた》に咲くやまとなでしこ》源仲正。これは一首とほぼ同時代の作。夏草の茂る地に細い溝がうがたれるほど長雨が降ったのであろう。雨に叩かれ水の流れに分けられて、しかも怯むことなく健気に花軸を持ち上げているこの花もいじらしい。

俊頼——一〇五五—一一二九。経信の男。俊恵の父。院政期歌壇を代表する歌人のひとりで、革新的な詠風を賞された。金葉集の撰者。歌学書に「俊頼髄脳」。金葉集以下に二一〇首。

45
春のはな秋のもみぢも忘られぬ唐撫子のにほふさかりは　**藤原定頼**

【歌意】 春のさくらも秋のもみじをも、自然に忘れ去ってしまった。唐撫子が美しく咲いてくれている盛りは。（家集）

【語釈】○忘られぬ――「忘れられぬ」の古活用。下二段他動詞「忘る」の未然形＋可能を表わす助動詞「らる」の連用形＋瞬時完了の「ぬ」。

唐撫子は前首でふれたとおり中国からきた石竹の異名である。清少納言が品評魔だったといってよい女流、生物のみせる風情や物品の値打などのランクづけをしていて、『枕草子』はまるでそのオンパレード。六十四段に「草の花は撫子。唐のはさらなり。大和のもいとめでたし」と、二つを草の花の第一位に推している。

石竹は華北および長江流域に野生でみられるそうで、茎がやや太く直立する。この直立性が茎細くして伏臥性をみせる日本の撫子と区別できる最も顕著な特徴ではないかと思われる。わが国では明治以降、唐撫子の名は消えたが石竹の名はよみがえり、園芸草花として、また生け花などの好材料として、さまざまな改良品種が栽培されてきた。

ところで、唐撫子は大和撫子同様にあざやかな深紅の花を咲かせたにちがいない。一首はその花の色に魅了されて茫然となったと表白している。《庭の面の唐撫子のくれなゐは踏みて入るべき道だにもなし》藤原清輔。この作は一首の表白をさらに敷衍させたともいえるだろうか。

定頼――九九五―一〇四五。公任の一男。中古三十六歌仙のひとり。堂上における社交の才にもすぐれ、小式部内侍・相模らと親しみ、多くの逸話をのこしている。後拾遺集初出。

46
絵に描きて劣るのみかは言の葉もあはれおよばぬ大和撫子　松永貞徳

【歌意】絵に描いて見劣りするばかりか、ことばでも充分に表現できないなァ、やまとなでしこの特色は。（逍遊集）

【語釈】○かは――連語。詠嘆をふくむ反語の意を表わす。○あはれ――感動詞。対象への賞美の情を表わす。

絵としていかに写生してみても実物に及ばないばかりか、文言をもってしても、やまとなでしこの可憐さ・美しさ・貴《あて》やかさは、残念ながら表現しつくせない。歌意をくだけばそう言っている。

「絵にかきおとりするもの、なでしこ」「かきまさりするもの、松の木」『枕草子』百十二段。なるほど清少納言も指摘するとおりだ。

なでしこが描き添えられた草花図屛風などを見かけはするが、主役は山吹・杜若・深見草・萩・女郎花・野路菊など。撫子は申しわけ程度にあしらわれているにすぎない。松はといえば屛風絵でも襖絵でも主役である。能舞台正面の鏡板には大きな老松が描かれているではないか。

大隈言道《ことみち》にも《いでまことといかなる人の写すにも描くはおとる撫子の花》という作がある。――疑ってはみたものの、ほんとうにそうだ。どのような人の写生であっても、絵に描いた撫子の花は実物の美しさに届かない――。そう言っているが、「いでまこと」とは、貞徳のこの一首を見出したそのとき、膝をうって洩らしたことばのように思われる。

ヤマトナデシコは幻の花となりつつあるのだが、私は少年時に馴染んで瞼によみがえるこの花にちかい種類を探しもとめ、意にほぼ叶った一種を庭の一隅で育てている。京都ではかつて、名産の漬物〝すぐき〟として漬けられる酸茎菜が似て非なる根菜となりつつあったので、原種へもどす復元栽培がすすんだ。植物工学のこれからは、新種の創生にうつつを抜かすのみではなく、ナデシコなどの草花を原種にもどす研究にも取り組んでもらえないものか。

貞徳——一五七一—一六五三。一般庶民のなかから和歌・歌学に多くの人材を育て、俳諧の流行とともにその指導者となったことでも知られる。近世地下《じげ》歌壇の一流は、細川幽斎から歌学を学んだこの貞徳にはじまる。逍遊集は家集。

47
からにしき色濃きなかに紅のゆはたもまじる撫子の花　村田春海《はるみ》

【歌意】錦の唐織物をひろげたように紅の濃い唐撫子が咲くなかに、くくり染めをした模様を思わせる淡い紅も混入している。やはり撫子の花で。（琴後集）

【語釈】○ゆはた——纈。くくり染め・絞り染め。

布地をつまみ糸で結び、絞り目をつくる。その布を染めて糸をほどけば、星がはじけたように縁の切れこんだ円形の模様が現われる。すなわち「纈《ゆはた》」である。

一首に先立って纈に譬えるなど花弁の切れこみを表現した撫子詠は見当たらない。春海は花弁に深い切れこみのある撫子をはじめて見つけ、瞠目したのであろう。

石竹系はほんらい切れこみが無かったと思われる。瞿麦《くばく》系も私の瞼にのこる大和撫子はきわめて浅い切れこみだった。ところが、河原撫子は切れこみが深い。春海は唐撫子の茂みにまじる河原撫子を発見したのではないだろうか。

私は河原撫子を花弁の切れこみが深いゆえにカーネーションの亜種ではないかと考えてきた。たとえば、タンポポが西洋タンポポに席巻されたように、渡来の植物が野生化すると在来種をみるみる駆逐してゆく。河原撫子も一首が詠まれた江戸中末期から、西洋タンポポが進出したように、存在を誇示しはじめたのかもしれない。

ところで、植物学者、村田源先生のおっしゃるには、中国原生の瞿麦が近年なお中国全省区で植栽されていて河原撫子と形状が似る、という。となると、中国瞿麦のほうも石竹よりずっと遅れたが渡来はしていて、その亜種である花が河原撫子とよばれることになったのであろうか。とまれかくまれ、私のナデシコにめぐらす思いは締め括りようがない。

ナデシコ科ナデシコ属の学名はダイアンサスである。昨今はさまざまな園芸品種がダイアンサスの名で呼ばれることになっているらしい。いつだったか、私は植物園で呟いた。「日本のなでしこが見当らないなァ」と。すると、老人の懐古趣味を一蹴するがごとき魂胆を覗かせて、若き学芸技官がこのように返してきた。「ナデシコって、ダイアンサスのことですか」と。

ナデシコ・ジャパンは板に付いている。ダイアンサス・ジャパンでは箸にも棒にもかからないと思うのだが。

春海――一七四六―一八一二。江戸の元豪商。巨満の財産を遊里に蕩尽したのち、和歌で生計を立てた。漢学の素養に富む国学者でもあって、雅文にすぐれる。加藤千蔭以上に耽美的な歌風で、擬古文・秀歌の名声は全国に聞こえた。琴後集は家集。

48

草の庵《いほ》の軒にあやめを葺《ふ》きつればひとひさします心地こそすれ

覚性法親王《かくしょうほっしんのう》

【歌意】 草庵の軒にあやめを挿《さ》しおわったところ、軒庇が一つ増えて二重になった気分がするなァ。(出観集)

【語釈】 ○葺きつれば――「葺く」の連用形＋完了の「つ」の已然形＋接助詞「ば」。「葺く」は草木などを挿す意。活用語已然形に付く「ば」は、前出の事態を契機に以下の事態に気づいたことを表わす。

31番歌で述べたところを思い起こしつつ「あやめ」三首を味わっていただきたい。アヤメは端午の節句(旧暦五月五日)になくてはならない草本であった。この節句は現行暦の六月十五日と相前後するから「入梅」とも重なる。梅雨という湿潤で蒸し暑いほぼ一ヵ月間は、食物が腐敗しやすく害虫も発生する。疫病もこの期間にまんえんした。そこで往日、梅雨の期間は疫病予防型に生活様式をきりかえたので、端午の節句はその節目、区切りの日であった。

アヤメには薬種効果がみられ、アヤメの強い匂いは疫病を媒介する蚊をも寄せつけない。家々ではこの節句を機に沼や小川から引き抜いたアヤメを軒庇に挿し並べ、室内には薬玉に仕上げて吊りもした。往日、家屋の屋根はほとんど板葺・茅葺などであったために、雨期には庇が水分を含んで乾きにくい。軒庇に挿したアヤメは長く緑を保って、つよい匂いが蚊など害虫を寄せつけなかったのである。

草庵の庇には、一株ごとに同じ長さに揃ったアヤメが、隙間もなく挿し並べられたのではないだろうか。一首に剣葉の緑もみずみずしい新たな庇を縁側から見あげて、法親王が満足そうに頬笑んでいる気配を感じる。

《かげくもる庭のこずゑとみるほどに軒もみどりにあやめをぞ葺く》藤原家隆。こちらは座敷の奥に坐していて、額縁のなかの画面のごとくに見える庭に目を遣ったところである。「かげくもる」は、陽光をとおさない、という意。家隆は庭木の枝々の先端部分が陽光を遮っていると見誤ったに等しいのであるから、アヤメはやはり隙間なく葺かれていたにちがいない。

覚性法親王――一一二九―六九。鳥羽院皇子で仁和寺五代御室。和歌を西行に兄事。住

持する仁和寺紫金台寺でしばしば歌会を催した。躍動的でしかも温雅な歌風。出観集は家集。千載集初出。

49 風ふけば夜半の枕にかはすなり軒のあやめのおなじ匂ひを　藤原良経

【歌意】風が吹けば夜の寝所で枕に感じとることになる。軒庇のあやめがもたらす同じ匂いを。（秋篠月清集）

【語釈】○かはす——交わす。「枕にかはす」で、枕とのあいだに遣り取りする。○なり——活用語の連体形について、事を説き示す意。

良経が頭に敷いているのはアヤメでつくった枕なのである。アヤメの葉柄の幾株かを折り畳み、長い根で結びあげれば、簡単に草枕ができあがる。端午の夜から菖蒲枕で就寝するのも生活様式の切り替えの一つであった。

私も幼いころ、端午の夜は母がつくってくれた菖蒲枕で就寝した。母は生け花を教えていたので、六月初旬の主たる教材が花菖蒲だった。31番歌でふれたように菖蒲と花菖蒲は異なるものの、長い剣状の葉は見分けがつかないほど似ている。花材となる花菖蒲の栽培者は、花茎を切りとってしまうが、葉柄は切りたがらない。葉は自然に枯らしてやらないと翌年の花のつきがわるくなるからである。そこで市場に出回る花菖蒲には菖蒲の葉が混ぜ合わせてある。花菖蒲を活けたあとには、見分けがたいところを見分けた菖蒲の葉ばかりが残りやすい。母はその菖蒲を晒し木綿で巻き包んで枕にしてくれた。

昭和戦前の夏は蚊帳を吊って寝ていたものだ。蚊帳のなかでさえ耳もとにとどいてうるさかった蚊の羽音が、菖蒲枕をした夜は全く聞こえなかった。その菖蒲枕を頭の下に敷いていて匂った、つんとした香気、別世界の夜を過ごしているかのように感じた清爽さを、この一首から思い起こす。

《ながきねをむすぶあやめの枕にもなほほどなきは夏の夜の夢》藤原隆信。添えるこちらの「ながきね」は長き寝・長き根の掛け合わせ。アヤメの根はじつに長い。ほんらいの菖蒲枕は長い根を紐がわりにして葉柄の束を括っていたことがこちらで分かる。長い根を無駄にしなかったのは、そこに長寿と安寧の希求を仮託していたからなのだろう。

良経――一一六九―一二〇六。後鳥羽院歌壇成立に先立って六百番歌合を主催。和歌所筆頭寄人。新古今集仮名序を執筆。同巻頭歌人。秋篠月清集は家集。千載集以下に三二〇首。

50 **ながきねにあかぬ心をしるべにてまだしらぬまのあやめをぞひく**　二条院讃岐

【歌意】長い年月の共寝にも飽きず、あやめの長い根にも飽きない連れ合いの心を頼みとして、未だ行ったことのない沼であやめを引きます。（家集）

【語釈】○ながきね――長き寝・長き根、の両意。○しるべ――手引き・頼み。○しらぬま――知らない沼。知らない間、とも。

この一首には「たづねてあやめをひく」と詞書が付されている。「ながきねにあかぬ心」

との関連で「まだしらぬまの」を、共寝の相手がまだ眠っていて気づかないあいだに、と解釈するのも味わいがふくらむ。

ひところ私は京北の僻村にアヤメの繁茂する廃田を見つけ出し、年に一度ずつだったが、菖蒲引きにかよったことがある。アヤメは浅く横に張っている根がじつに長い。廃田が干あがっている年など、株の根元をにぎって引きはじめると地に生じた裂け目が蛇が這うように先へ先へと延びてゆき、長い根がめくれあがってきた。アヤメの葉柄の長さは七〇センチ程度なのだが、根茎のほうは三メートルを超えるものまであった。こうして採取したアヤメをわが家では、菖蒲湯として浴槽に浮かせ、防虫剤として衣類のみかはいろんな調度にもしのばせたものだ。

往日、端午を目前にアヤメを引くのは女性が集団でもする作業であった。多大な量を引いたから、作業を終えての休憩のさい、それぞれが引いた根の長さを競う、菖蒲の根合わせという遊技をもしている。気晴らしとはいえ最も長い根を引き当てている者に大きな幸運が舞いこむと信じられてもいたようだ。

さて、長い根は強壮効果があるとされ、これを浸けた菖蒲酒が珍重されたのである。

讃岐は官能的な歌をも詠じて名を馳せた源頼政の女《むすめ》。父に帯同してもらい地下《じげ》歌壇を風靡していたから、そのうたいぶりも言わずして妖婉である。

小倉百人一首で讃岐の作《**わが袖は潮干に見えぬ沖の石の人こそ知らねかわくまもなし**》を知る人は多いだろう。《**人しれずしたに行きかふあしのねや君とわれとが心なるらむ**》。これも讃岐の作で、「あしのね」が葦の根の意にとどまらず、模糊として官能をくすぐるところが一首と流通している。

讃岐がこの一首を詠じたころ、頼政は小侍従との老いらくの恋に心を奪われていた。《**けふとてもとはぬあやめの憂きなかにあらぬすぢこそうれしかりけれ**》。これは小侍従の作。端午の節句に「あやめ草にはあらぬ草につけてつかはしける」と詞書をもつ、頼政に贈った歌である。意訳をしてみよう。——きょう一日はお屋敷で節句の行事にすごされましょう。あなたを迎えないわたしのあやめ（陰部）はつまらない夜をすごすのですが、そのほうがあなたのお筋（陰茎）のために好ましいではありませんか——（どうぞお筋をお大切に）。こんなふうに言っている。

頼政は菖蒲酒かアヤメの根を端午の贈物として所望していたのだが、小侍従は老いの身の養生を考えて、何かはしれない菖蒲に代わる他の薬草を歌に添えたのであったろう。ちなみに菖蒲《あやめ》は、文目《あやめ》（模様）にも音が通ずるところから、男女の陰毛を表わす隠語でもあった。

《日にそへてねぞみまほしきあやめ草あらぬすぢをば思ひかへして》。頼政はさっそくこの歌を小侍従に返している。――日増しにまた、あやめの根を欲しい、あなたと寝たい、あなたのふさふさと毛の茂るところをも見たいとねがっています。陰毛が色も褪せて薄くなったわが筋を思いうかべながら――（節句の贈りものは、仕来りどおり菖蒲の根を頂戴したかったのに）。

讃岐はおそらく、この贈答歌を脳裏にしながら、初めて知ることになった沼のアヤメを引いたのではないだろうか。そして、一首をつむぎあげ、長い根を連れ合いに贈ったのでは。屋上屋を重ねるが、連れ合いの君はその根を細かくきざんで酒肴としたのかもしれない。

讃岐――一一四一頃―一二一七頃。源頼政の娘。二条天皇に出仕。歌林苑など新古今撰進前のとくに地下歌壇で活躍。つねに父頼政とともに歌会に列した。千載集以下に七〇首。

51
そのかみのいつより咲きて五《い》つひらの数にも足らぬあぢさゐの花　飛鳥井雅康

【歌意】 遠い昔の「いつ」から咲いて知られていたのか、今現在、花弁の数が「五片」にも達しないあじさいの花は。（家集）

【語釈】 ○て――接助詞。活用語の連用形に付いて、上の事態が下の事実より先立つことを表わす。○いつ――「五つ」と較べ合わせたことばあそび。

あじさいは万葉集に群落で咲く様子をうたった一作がみられるが、恒常的に詠まれはじめたのは堀河百首が成立した一二世紀初めからである。一首はさらにくだって室町中期の作。

アジサイといえば手鞠形の花が連想されやすい。しかし、手鞠形のアジサイはガクアジサイ（額紫陽花）を母に園芸品種として近世以降に生まれたので、ここに詠まれているのはガクアジサイまたはヤマアジサイである。

わたしたちがアジサイの花弁と見ているのはじつは萼弁《がく》。ガクアジサイは必ず萼が「五つひらの数にも足らぬ」四片であった。

花一輪の弁数といえば圧倒的に五弁が多い。四片は野菜など十字花科の植物が主で、ナタネをはじめキャベツ・ダイコン・ナズナ・ワサビなどがそうだが、観賞植物では容易に思い当たるものがない。雅康はウメ・ツバキ・サクラ・ヤマブキ・タチバナなど一輪五弁の花をつねに瞼に浮かべていたにちがいないから、四片の萼片には不意を衝かれ、新鮮な驚きを覚えたこともあったのだろう。

《あぢさゐの下葉にすだく蛍をば四ひらの数のそふかとぞみる》藤原定家。このようにアジサエともよばれ、定家のこの作の影響下に、歌人たちの紫陽花詠は必ず「四ひら」の語句を入れるのが作法のようにもなっていた。その安易さに伍するわけにはいかないと、「五ひらの数にも足らぬ」には、雅康の抵抗の意識が秘められているかとも思える。

《夕月夜ほの見えそめしあぢさゐの花もまどかに咲きみちにけり》。こちらは江戸期も幕末にちかく加納諸平の作。「まどか（円か）」とは、誕生間もない、未だ半円にも充たない手鞠形を見ているのかもしれない。

さて、手鞠形のアジサイも昭和の末期ごろには未だほとんど四片萼だった。にもかかわらず、アジサイの萼片はいつしか多彩になってきている。私など老輩は、萼片の三片・五片が混ざる手鞠花に接したとき、美しいというより花々のほんらいもつ性格が疵つけられているように思えて、哀憐をもよおしてしまう。

雅康――一四三六―一五〇九。新続古今集撰者雅世の二男。家芸の蹴鞠にすぐれ、多才で書道二楽流の祖でもある。歌学書として飛鳥井家秘伝抄をのこす。

52
夏の日の長きさかりの合歓《ねむ》の花ゆめかとばかり匂ふいろかな

熊谷直好《なおよし》

【歌意】 夏の真っ直中できょうは晴れ間の長い日、いまが盛りの合歓の花が夢かとばかり照り映えていて、うるわしい風情だなァ。(浦のしほ貝)

【語釈】 ○匂ふ――色づく・照り映える。○いろ――風情。

ネムはマメ科の落葉高木。二回羽状の複葉をひろげるが、日が暮れると大きなその葉が小葉を閉じ合わせて眠るがごとく垂れさがる。花はといえば、縒《よ》り合わせた細い糸の先端が散りひらく紐の房を思わせる形状で、小枝の先に咲く薄紅色がやさしく美しい。

小葉が眠るがごとく閉じるところから、この木は古く「合歓木《ねぶりのき》・合歓《ねぶり》・合歓《ねぶ》」とよばれており、それがさらに「合歓《ねむり》・合歓《ねむ》」と転訛したらしい。

梅雨も末期という頃合い、合歓の木に通せん坊をされた経験をもつ人がいられるだろう。合歓は雨にも小葉を閉じる。そして、長雨がやまないと葉身に溜まる雨滴の重みでしだいに枝を撓《たわ》ませる。私は樹冠が地にふれるほど幹まで反り曲がって行く手を塞ぐ合歓の木を前に、里山の林道で立ち往生をしたことが何回かある。時しもあれ、わたしたちを通せん坊する合歓はたいていい花をつけているのだ。

一首の味わいは、右のような梅雨期の事情を承知のうえで、ようやく長い晴れ間に恵まれた合歓の花そのものの悦びを「ゆめかとばかり」の語句に含ませ、同気相求というおもむきで、作者自身の歓心をも合歓《ごうかん》させているところにある。

《象潟《きさがた》や雨に西施《せいし》がねぶの花》

「奥の細道」から芭蕉の一句。西施は春秋時代の中国を代表する美女。芭蕉は秋田の象潟で出会った合歓の花に傾国の美女の愁眉を見た。そもそも、嫋々《じょうじょう》として横たわる女性のように、この句をえた芭蕉の前に合歓の木そのものが樹冠を撓ませていたのではないだろうか。

合歓は西日本に多い木だから象潟は北限かといわれる。柏木如亭が文化十三年（一八一六）に《新潟海岸合歓多、数千百株照蒼波》と詠んでいる。芭蕉を足止めした象潟の木も新潟のばあいのように砂防樹として植栽されていたのかもしれない。

直好——一七八二—一八六二。元岩国藩士。脱藩後、入京して香川景樹に師事。木下幸文と共に桂園派の双壁と目され、大坂で活躍。歌風は浪漫的、平明で風格がある。浦のしほ貝は家集。

53
池水のみどり涼しきはちす葉におきあへず散る露の白玉　藤原宣子《せんし》

［歌意］　池水の、長い柄をのばす緑も涼しい蓮《はす》の葉のうえで、置き合わせて一つになるこ

とができずに散らばっている、露の白玉が。（文保百首）

【語釈】○はちす――蓮の古名。○に――格助詞。で、のうえで。

蓮《はす》は蓮《れん》の和訓だが、花床が蜂の巣に似るところから蓮《ハチス》と訓読され、徐々にチが脱落したらしい。

京都の植物園で蓮池の光景を描きつづけた韓国籍の女流画家がある。鄭淑香《チョンスクヒャン》というこの画家、どの作を見ても蓮の花と葉が画面いっぱいにひろがるが、露を全く描いていない。あるとき、個展会場で露を描かない理由を訊ねたところ、こんなやりとりになった。「蓮池の風情はいつがいいですか」「夏ノアイダハイツモ」「私は夕立のあとなど、葉にとどまっている露を見るのが好きなのですが」「宝石ノヨウニキレイデスネ」「露を描かれないのはなぜなのでしょう」「アレハ美シスギテ絵ニナリマセン」

ご尤も。ことほどさように蓮の葉にとどまる露は美しい。

《**ひさかたの雨も降らぬか蓮葉《はちすば》に溜まれる水の玉に似る見む**》。これは歌芸に多能であったという兵衛府の役人が詠んだ万葉歌。あるとき該府の宴会で料理が蓮の葉に盛って出たという。宴はたけなわ、同僚たちが蓮の葉にちなんだ一首をと求めたところ、即座に応じて示された作なのだ。『続日本紀』宝亀六年（七七五）条に「始めて蓮葉の宴を設く」とみえ、そのころのことか。蓮は仏教とともに中国から伝来、大和各地の池ですでに植栽され、はやくも葉の露が賞翫されていたところが頼もしい。

雨がくる。丸い大きな立つ葉の表面で水玉がおどる。跳ねながら散る玉が宝石のようにきらめく。葉のくぼみに身を置こうとする白玉が幾つか、互いに譲り合い留まっていればよいものを、葉が揺らぐと上の玉に突かれた下の玉が転がり滑って散ってゆく。一首はそのような雨あがりの一瞬の光景を頰笑ましく見入っているようだ。

宣子――生年未詳―一三二一。藤原為家の子為顕の女で、定家の曽孫にあたる。二条為基の室。京極派歌人。新後撰集初出。

54
こぼれ落つる池のはちすの白露は浮き葉の玉とまたなりにけり

伏見院

【歌意】 大きな立つ葉からこぼれ落ちる、池の蓮の白露は、下の浮き葉に受けとめられて、いまいちど美しい玉となったのだった。（院百首・玉葉）

【語釈】 ○にけり――完了の助動詞「ぬ」の連用形＋過去の助動詞「けり」。過去回想。

春にみるハスは浮き葉。睡蓮に似る葉を水面に浮かべるのみ。梅雨が近づくころから長い葉柄が伸び立ちはじめ、楯形の葉身の大きな立つ葉となる。その葉の表面には目にみえない突起があって空気の膜をつくっている。だから、雨水をうけても弾いて水玉にしてしまうのだそうだ。

夕立のさなかなど、水晶のように光る幾つもの水玉が、葉身の皿のなかでタップダンスを見せてくれる。雨があがったあとはといえば、葉が風に揺れるたび大抵は滑り落ちてしまうものの、葉身の窪みに大きな水玉が一つとどまる。伏見院は窪みに残った最後の水玉の行末を見届けたのではないだろうか。もしかすれば、その水玉が浮き葉に受けとめられた微かな音をまで耳にしたのではないか。一首を繰り返し味わっていると、そんな感懐をまで覚える。

私は鄭淑香《チョンスクヒャン》さんがかよった植物園の蓮池で、雨あがりの日、窪みにやや大きな水玉をなおとどめる立つ葉を見つけ、手許に引き寄せたことがある。透きとおった水玉のなかに私の顔が楕円形に歪んで写った。円い楯形といっても葉に楕円の反りがあるからなのか。葉を動かしても私が頸をひねってみても、顔の楕円形は直らなかった。

伏見院——九二代天皇。前期京極派の中心歌人。万葉集を愛し、三代集では後撰集の風を重んじたと伝わる。京極為兼に玉葉集を撰進させた。新後撰集以下に二九四首。

55 **むめさくら散らぬ間ばかりなづさへどはちすは後の世までとぞ思ふ**　藤原教長《のりなが》

【歌意】梅と桜には咲いているあいだのみ馴れ親しんで離れないけれども、蓮との縁は来生までつづくにちがいあるまいと思うのだ。（家集）

【語釈】○むめ――うめ（梅）に同じ。古今集以来「むめ」の表記が多く見られる。○なづさへど――「なづさへ」は「なづさふ」の已然形で、意は、馴れ親しんで離れない・まつわりつく。「ど」接助詞として活用語の已然形につくばあい、意は、けれども。○とぞ――連語。格助詞「と」＋接助詞「ぞ」。文中にあって「と」で受ける部分を「ぞ」が強調。

教長には《にごりにもしまぬ蓮の花みればわれも心ぞ清くなりゆく》と詠じた作もある。蓮は泥水に育つが、泥の濁りに染まらない清らかな花を咲かせる、蓮の花を見ると心が浄化するのを覚える、と言っている。この歌人は仏教に親しみ、菩提心《ぼだいしん》のふかい人柄であったようだ。

仏教経典によると極楽世界には蓮の花が咲きみちる。教長たち平安末の動乱期を生きた人たちは、『観無量寿経』から普往生観（あまねく往生する観想）を勧められ、自分自身が蓮の花床《かしょう》に静坐したつもりで、花が閉じてゆく観想、花が開いてゆく観想を盛んにおこなっていた。

蓮の花は、初日は壺咲き、二日目は椀咲き、三日目は全開して、名の由来ともなった蜂巣のような花床があらわれる。すると花弁が一ひら二ひらと外がわから散りはじめ、四日目に散り果てる。

仏教では菩薩のごとき慈悲心に目覚めることを発心《ほっしん》・発願心・発菩提心などという。迷うからこそ開悟へと到達できる。蓮の花びらは迷いに、花床は開悟に譬えられる。そこで、初日はためらい咲き、二日目はなお迷い咲き、三日目はついに開悟した発心咲きに思えてくる。

教長は夜の夢にも蓮の花を目にすることが往々だったのではなかろうか。私も仏教経典に少しは親しんでいるので、ときおりだが、蓮の花床に自分が坐っている夢を見ることがある。いつもほぼ同じ、大きな花びらに包みこまれた心地よい夢なのだ。

『観無量寿経』には九階位の往生の方法が説かれている。

上品《じょうぼん》往生の人は極楽浄土の最も素晴らしい眺望のところに、中品《ちゅうぼん》往生の人は上品に次ぐ美しい眺望のところに、それぞれ生を得る。末法汚濁の現代人は下品《げぼん》の往生を希求するほかないけれども、極楽世界に生まれることだけは約束されている。

上品上生が最高の往生であり、最も低い往生の下品下生《げぼんげしょう》では、十二大劫という長い年月を浄土の蓮の花のなかに閉じこめられるが、救いは約束されている。大劫を経て菩提心を発《おこ》すとき、蓮の花は開いてくれる。

それでもよい。花の台《うてな》に坐りたい。池に咲く蓮の花に見蕩れながら、そういう思いにも衝かれてきた私だ。

教長——一一〇九—八〇頃。崇徳院歌壇の中心歌人として活躍。保元の乱に敗走、出家したが捕えられて常陸に配流。応保二年（一一六二）召還後は仁和寺歌壇などに出詠した。詞花集初出。

56

夕づくひ木の葉がくれに傾ぶきて岡べすずしきならの下かげ　宗尊《むねたか》親王

【歌意】 沈みゆく夕日が木の葉に隠れながらも斜めから射しこんできていて、この岡のあたりの涼しいこと。楢《なら》の木陰はとりわけて。（竹風和歌抄）

【語釈】○夕づくひ――夕方の陽光。「夕づく」の意は、夕方になる。○なら――ブナ科の落葉高木。

「納涼」の題で詠まれている。ナラといえばコナラ・ミズナラ・ナラガシワの総称。親王は葉が最も大きく樹冠もひろく張るナラガシワの木陰に憩ったのではないだろうか。

美林を形成するコナラ・ミズナラに反して、ナラガシワは単独での生長を好む性質をもっている。過去に私は京都周辺の山々を遊歩するトレッキングで、他の木々から離れ、梢をも高く超然と屹立するナラガシワを見出すたび、その下に休息するのを常としてきた。

どんぐり状の果実を同様につける樹木でも、シイなどの常緑高木は、葉身が厚く葉並びも密であるから、全くといってよいほど陽光を透さない。だから、雨宿りばかりか納涼にもそちらを選ぶ人がいらっしゃるだろう。

一方、こちらナラガシワの葉は、陽光を受けると頭上に仰ぐ葉色が映えて、葉脈が透けて見えるほどになる。にもかかわらず、熱の照射は遮って涼しい光線のみを透過させてくれているように思えてくる。

私は夏の日のこの木の下の休息で、光を透過させる青葉の色に、全身が染まるような爽快感を味わってきた。

親王もおそらく、落日の斜光をまで透かす青葉を仰いで、私が味わったような感覚をおぼえたのではないだろうか。

ほぼ一世紀くだって藤原忠季も、《日を障《さ》ふるならの下かげたちよれば未《ま》だきに秋の風かよひけり》と詠じている。未だその時季ではないのに秋の風を感じたという、この作も捨てがたい。

宗尊親王――一二四二―七四。後嵯峨院皇子。一一歳から一五年間、鎌倉幕府六代将軍の地位にあった。一首は退位して帰京後、文永五年（一二六八）の詠。竹風和歌抄は家集。続古今集以下に一九〇首。

57

ひとすぢにいつか夏野の草のいと心ひかるる道を分けまし

堯孝《ぎょうこう》

【歌意】一筋にいつの間にか夏野の草を掻き分けた線条が延びている。たいへん心をひかれるこの道を自分も分けてゆくことにしよう。（慕風愚吟集）

【語釈】○いと――糸、線条。副詞の掛詞として、たいへん、の意も。○まし――14番の業平歌で非現実的な事態についての推量を表わしていたのに対し、ここでは同様の事態を前にしての希望・意志を表わす。

茫々と生い茂る夏草をつい今しがた掻き分けてすすんだ人があったらしい。作者はその痕跡を前に立ち止まり、自分も跡をたどろうと心に呟いたかの様子。「いと」を掛詞としても味わうところに、この歌は鮮明な色を帯びてくる。

「夏野の草」といえば、梅雨が明けるころから短時日にみるみる生長した草の総称である。現在は帰化植物の進出で原野の様相がまちまちとなってしまったが、和歌にみる往日の夏野には、イヌビエ・エノコログサ・チガヤ・メヒシバなどイネ科の植物のほか、イタドリ・カヤツリグサ・スイスイ・ヤエムグラ・ヤブジラミ・ヨモギなどが丈高く生い茂ったにちがいない。

夏もたけなわ、旅人が野道をゆく。路傍の草の丈が長くなってしまったので、まるで菅《すげ》笠《がさ》だけが独り歩きをしているかのよう。そんな風趣をとらえた和歌もたくさん詠まれている。

堯孝――一三九一―一四五五。公僧歌人で頓阿の曽孫。二条派の系統を継ぎ、室町期の歌壇で冷泉派に属する正徹に対抗する存在として注目された。慕風愚吟集は家集。新続古今集入集。

58 **駒や来る人やわくると待つほどに茂りのみます屋戸の夏草**　　道綱母

【歌意】 愛馬が草を食べに来るのではないか、夫も草葉を分けて顔をみせるのではないか。そう思って待つ日々に、ますます繁茂してしまう、わが家の夏草が。(家集)

ことが多い。

【語釈】○屋戸――他人の家屋をさすばあいは宿、自分の家屋をさすばあいは屋戸と記すことが多い。

この女流の歌といえば、『蜻蛉日記《かげろうにっき》』と小倉百人一首で《歎きつつ独り寝《ぬ》る夜の明くる間はいかに久しきものとかは知る》が知られている。

古来の上流階層では招婿婚《しょうせいこん》が一般であった。この結婚は夫が妻の家にかよったから一夫多妻になりやすかった。作者も摂関家の御曹司・藤原兼家を招婿して道綱を生んだので、結婚生活の実態は兼家の妻妾の一人であったということになる。

『蜻蛉日記』はウーマン・リブ運動の先駆書とみてよい読み方もできる歌日記。「歎きつつ」の歌は、道綱を生んで間もない二〇歳ごろの作で、他の妻妾と夜の床を共にしているのが明らかな兼家を恨んでいるが、ここに採った一首は、そののち、かなりの年月を経て詠まれたのであろう。

兼家は愛馬に騎乗して妻のもとにかようのを常とした。道綱母はそういう夫を手元に引き留めておくため馬の世話にも気を配り、飼い葉をすら自分の手で馬に与えていた。そうこうするうちに、馬のみが単独で庭のなかまで闊歩してきて、嘶《いなな》くまでになっていたらしい。

平安期に飼われた馬の牧草は何が主であったか、私は不案内なのだが、馬がイネ科の野草を好んで口にしていたのは確かなようだ。そこで、前首に挙げた種類が頭に浮かぶ。私は小児だったころネコジャラシとよんでいたエノコログサとよく戯れた。猫がじゃれつくという穂を髭と称して鼻孔に挿し、遊んだものだ。

この夏草のやさしい風情は長じてなお気に入っていて、数年前には庭の一隅で育ててみた。荒地に多くみられるエノコログサは、丈がせいぜい五〇センチ、穂も短いが、庭の肥沃な土壌では丈が一メートル、穂も大きくなるのに目を見張った。

夏草の繁茂した庭は人の姿も隠れるほどになる。もしかして作者は、愛馬が口にしてくれるよう、野草を庭に茂るまま放置していたのではあるまいか。そこにはエノコログサもみられたのでは。私は一首からそんな連想をもして自己満足をしている。

道綱母――九三六頃―九九五。歌人としても女流日記文学の創始者としても後世に大きな影響を与えたが、一生を藤原氏末流の家刀自、かつ晩年に摂政・関白に至った藤原兼家の妻妾としておくった。中古三十六歌仙のひとり。拾遺集初出。

59
囲はねど蓬《よもぎ》のまがき夏暮ればあばらの屋戸をおも隠しつつ　曾祢好忠

【歌意】囲いは設けていなくとも、蓬が垣根がわりとなり、夏も終わりが近づくと、透き間だらけで恥ずかしいわたしの住居を、こうして覆い隠してくれるではないか。（家集）

【語釈】○まがき――籬。原意は竹や柴を粗く編んだ垣根をいう。○あばら――透き間だらけで荒廃するさま。○おも隠し――恥じらって顔を隠す「面隠し」が原意。○つつ――接助詞。文末にあるとき、詠嘆の余情をこめて、反復継続の意を表わす。

原本表記で三句目は「夏くれば」。これは晩夏となった旧暦六月に詠まれた歌なので、「夏来れば」と間違えられないよう、「夏暮れば」と漢字表記をした。

ヨモギはキク科の多年草。草餅に搗くため田の畦などで若葉を摘むヨモギの丈は、さほど高くはならない。事典類は、夏から秋にかけて茎が伸び、五〇センチから一メートルほどに生長すると記す。けれども、その程度の丈の草では小屋程度でしか隠せないではないか。

二十四節気の大暑が旧暦では六月中旬、現行暦では七月二十二・三日にあたる。この大暑から立秋にかけての頃合いに、蚊取線香さえなかった往日、集落を形成する家々が示し合わせて一斉に蚊遣火を焚いた。端午から軒端に挿し梅雨が明けてから枯れたままになっていたアヤメ、野で刈ったヨモギ、藁などをくすべて蚊を駆除しようとした。じつは、その蚊遣火にも、途轍もなく大きく育ったヨモギが刈り取られていた。

ある年、小鳥が種をもたらしたのか、わが家の庭にヨモギが芽を吹いた。わたしは好忠のこの歌などを記憶していたから、どのように育つか観察してみようと思った。

ヨモギは根茎を這わせて年ごとに地上の茎を多くしてゆく。初年は短いままの草でおわるが、二年目は三・四本の茎が五〇センチほど、三年目は多くなった茎が一メートルちかくまで伸びた。さらに次の年からは、多くの茎のなかの幾幹かが、私の背丈を超えて二メートルほどまでに伸びたのである。

その後は、繁茂を抑えるため、蔓延しすぎた根茎を掘って切り捨てる除去に手を取られたが、土用から立秋にかけての日々、ヨモギの茎がぐいぐい目にみえて伸び立つのに唖然としたのを思い起こす。

植物図鑑によればヨモギの種類はじつに多い。しかし、好忠の住居を見えなくしたのは、庭で私が誼みを交わしたのは、いずれもどの種に属するのか、残念なことに見当がつかない。

さて、それはともかく、ヨモギにはアヤメ同様に除虫効果が明らかなので、往日はこの作にみるように周囲に蓬を茂らせた家屋が多かったのである。

好忠は公営農園の管理者などを歴任した下級官吏であったから、その生活は質素そのものだったろう。「囲はねど」と詠み起こしているものの、蓬を繁茂させた現実には、貧しい暮らしを隠そうとする意識もはたらいていたのではないだろうか。

風流心が昂じて蓬を伸びるがままに放置したと思える歌人もある。秋に至っての作だが一首添えておこう。《昨日まで蓬にとぢし柴の戸も野分《のわき》に晴るる岡のべの里》藤原良経。野分は秋台風。

好忠——九二三頃—一〇〇三頃。官歴は六位にとどまったが、清新な歌を詠む異色歌人として活躍。中古三十六歌仙のひとり。拾遺集以下に九三首。

秋歌の部

60
秋はきぬ今年も半ばすぎぬとや荻《をぎ》ふく風のおどろかすらむ　寂然《じゃくぜん》

【歌意】秋が来た。今年も半ばを過ぎたということか。荻に吹く風が、それを知らせようと注意をうながしてくれているようだ。（唯心房集・千載）

【語釈】○とや——連語。「と」によって示される事実を「や」が確かめ直す意を表わす。「とな」とほぼ同意。○おどろかす——注意をうながす。目を覚まさせる。

この作には「はじめの秋のこころを」と詞書がみえる。旧暦では七・八・九の三ヵ月が秋。「はじめの秋」は七月。節気の立秋・処暑のころをさす。

大川の橋をわたる車窓などから河川敷に群生するオギを目にとめて、ススキが穂を出していると思った人がいられるだろう。

ススキとオギは確かに見た目に紛らわしい。立秋のころから出る花穂も似ている。しかし、ススキは乾燥した山地・平地に大きな株をなして群生するので、湿地には生育しない。逆にオギは株立ちはせず、湿地のみに群生する。

野口雨情は「俺は河原の枯れすすき」と有名な歌詞を船頭小唄にのこしたが、河原にはオギしか見られないのを承知のうえで、分類上、ススキとオギはイネ科の同属であるから、敢えてススキとうたったのか。

暦のうえで秋が立つと、空の青さ、虫のすだきに先立って、朝夕にひんやりとした西風のそよぐ日がおとずれる。オギが花穂をみせるのもまさにこのころからなのだ。

寂然は古今集にみえる秋歌の巻頭、藤原敏行の《秋きぬと目にはさやかに見えねども風の音にぞおどろかれぬる》を念頭にしたところに、一首をものしたのであろうか。

往日は風雅な生活を営むうえで、庭に池を設けたり曲水をめぐらせたりするのも、一つの嗜みであった。水ぎわにはオギが植えられた。そのオギの葉が秋の初風にそよいで爽やかな音をたてたのである。

寂然――一一一八頃―八二以降。西行の幼友達で常磐三寂のひとり。西行より遅れたが同じく出家して唯心房を号した。千載集初出。

61
秋はなほ夕まぐれこそただならね荻のうはかぜ萩《はぎ》のしたつゆ　藤原義孝

【歌意】 秋はとりわけ夕暮れどきのありさまが尋常ではない。荻の葉をそよがせる風、萩の葉の尖端にこぼれ落ちそうでとどまる露。この二つの妙趣が身に沁む。（家集）

【語釈】 ○なほ——やはり、なんといっても。○ただならね——徒《ただ》（普通）ではない。「ね」は「こそ」をうけた打消しの助動詞「ぬ」の已然形。

荻と萩は似た別字であるから注意をしよう。萩は周知のように秋を代表する花の一つである。

「荻の上風」「萩の下露」という語はこの歌にはじめて用いられ、後世の歌人たちが好んで継承、オギ・ハギ双方の風情を表象する成句となった。

作者はいまだ二〇歳未満であっただろうから、この達観した詠じぶりに舌を巻く。オギの上を風が吹きわたるとき、群れ伸びる葉と葉が擦れあって音を発する。歌人たちはその音を、ときには誰かが訪れてきた声とも、とわず語りの呟きなどとも耳にした。前句はそういう音を起こさせる風を意味している。

一方、ハギには葉裏に圧毛があって、雨水や露をおびた葉が銀白に光る。圧毛が作用して落ちなんとする水滴が落ちない。葉の尖端にビーズ玉のような水滴がとどまる。後句は凛として美しい、そのような水滴をさしている。

義孝——九五四—九七四。摂関家に生まれ、早くから歌才を認められたが、疱瘡で夭折した。中古三十六歌仙のひとり。拾遺集初出。

62
秋の野の草のたもとか花すすき穂に出でて招く袖と見ゆらむ　在原棟梁《むねやな》

【歌意】かたわらには野草が茂っているだろう。その秋草たちから拠りどころと慕われるからか、薄《すすき》が花穂を出している。人を招こうと振る袖のように見えるではないか。（寛平后宮歌合・古今）
【語釈】○たもと——袂、かたわら。○穂に出でて——「に」は格助詞、となって、の意。

「出でて」は「出づ」の連用形＋接助詞「て」で、結果を表わす。

「袂《たもと》」という語は狭義に着物の袖口をさすが、「橋のたもと」などというように、広義では、何かのそば・付近、何かから拠りどころとされるものなど、範囲の大きい意味をもつ。「袖」のほうはどうか。筒袖といえば袖の部分のない和服をさすが、長袖などといい、妙齢の女性ほど袖の長く大きい衣服を着用してきた。「袖を振る」といえば、袖をひらひらさせて人を招き寄せようと合図をおくる仕種《しぐさ》である。

一首は内裏後宮で催された祝賀の歌合《うたあわせ》に出詠、華やかなうたいぶりが賞されて、古今集の採るところとなった。オギとススキの穂の出はじめは、確かに、なよやかな初々しさに目をうばわれる。

株元にいろいろな秋草を茂らせ、共生をしているススキが、自分ばかりか仲間の草たちをも愛でてほしいと、出したばかりの花穂を振っている。作者は風にゆらめくススキの、そういう姿態に魅せられたのであろう。

棟梁――生年未詳―八九八。在原業平の男。古今集巻頭歌の作者である元方の父。古今集初出。

63 **花すすきなびく気色《けしき》にしるきかな風ふきかはる秋の夕ぐれ**　平忠度《ただのり》

【歌意】 花穂を出した薄が葉並びを傾かせたこのありさまに、はっきり認められるなァ。風向きが変わってしまうのだ、秋の夕暮れは。(家集)

【語釈】 ○なびく――草・煙などが横に傾き伏す。○気色――ありさま、気配。○しるき――「著《しる》し」の連体形。

オギ・ススキは茎が円筒の稈《かん》であるから、稈の部分の葉柄を指でまわすと葉は簡単に向きを変える。人為的に葉身をすべて同じ方向に片寄らせることもできる。私は西風をうけて葉身がほとんど東になびいているススキの群落に瞠目したことがある。風がおさまれば、葉は元どおり四方になびき、自然の風情をとりもどすのだが、忠度もある夕べ、風のいたずらで葉身が片なびきをみせる群落をつよく印象したのにちがいない。

平忠盛の長子が清盛、末子が忠度である。『平家物語』で知られるように、都落ちをする忠度は、世がしずまれば一首なりとも自作を勅撰集に採ってほしいと、一〇三首の自作をつづった家集を藤原俊成に托した。そこにみえる一首である。

ところで、忠盛に《われとしも招かじものを花すすき心ときめく野路のゆふぐれ》と詠じた作がある。大意は――わたしひとりを手招いているわけではあるまい。分かってはいるが、夕暮れの野みちをゆくとき、風にそよぐ花すすきに心がときめいてしまう――。こういう忠盛の洗練された感受性を忠度は受け継いだ。

忠度は父親の右の作を念頭におきつつ一首を詠じているかもしれない。そう思うと、読み方を変えて、一首の大意をこんなふうにも汲んでみたくなる。――花すすきが人を手招く気配にきわだった変化がみえる。秋の夕暮れは風が吹きかわるのに応じてか、花すすきも夕闇が迫るにつれて気持ちが昂ぶるのではあるまいか――と。

忠度――一一四四―八四。清盛・経盛らの末弟。父忠盛・経盛・経正らと平家歌壇を牽引した。一ノ谷の合戦に敗死。千載集に「よみ人しらず」として初出。

64
行く人を野べの尾花に招かせて色めきたてる女郎花《をみなへし》かな

藤原季経《すえつね》

【歌意】道をゆく旅人を、野べに茂る薄の穂花に手招きさせておいて、なんと艶《なま》めかしい風情をみせていることか。女郎花は。（経盛家歌合）

【語釈】○尾花――ススキの穂をさす別名。○色めきたてる――「色めいている」の強調。「色めく」は好色の様子がみえる。

オミナエシは分岐した細い多くの茎の先っぽに小さな黄花を群がり咲かせる。昭和のころまではススキ同様に山野に自生していて、みちすがら摘んで歩ける秋草の一つであった。現在は園芸品種でしか親しむことができなくなってきているのが残念だ。万葉歌では、娘子部四・娘部思・佳人部為・美人部師などと表記されていて、いずれもヲミナヘシと訓読する。この表意性から想像できるように、この秋草は上古から女性とりわけ美妓に譬えられてきた。漢字で女郎花と当てるようになったのは平安期から。花の色がクチナシの果実で染めあげた色彩を思わせる。艶《つや》っぽく濃い黄色なのだ。シトロン・イエローともよびたい。

藤原実頼に《梔子《くちなし》の色をぞ頼むをみなへし花に愛《め》でつと人に語るな》と詠じた作がある。「くちなし」に「口無し」を掛け合わせている。――花のおまえのクチナシ色を頼みとしているのだ。女郎花よ、わたしが花の艶《あで》やかさに魅せられておまえの虜《とりこ》になったとは、他の人に語ったりしないでおくれ――と言っている。

実頼詠と同様に、一首はどこか悪戯っぽくこの秋草への愛着を表白しているところが頬笑ましいというべきか。

季経――一一三一―一二二一。六条藤家の主要歌人のひとりとして御子左家に対抗した。千五百番歌合では俊成・定家らに伍して判者を勤めている。千載集初出。

65
女郎花にほふ野べより朝たてばきぬぎぬになる心地こそすれ
平経正《つねまさ》

【歌意】 女郎花が艶《なま》めかしく咲く野から立ち去る朝は必ず、意中の女性と共寝をした翌朝、

別れ別れになる、そのときのような感懐をばもよおしてしまう。（家集）

【語釈】○きぬぎぬ――漢字表記は、衣衣・後朝《きぬぎぬ》。相愛の男女の朝の別れ。

オミナエシには残念ながら香りはない。一首の「にほふ」はすでに例をみているように、美しく色づく、という意である。

「きぬぎぬ」にも一言しておこう。愛し合う男女は共寝をするとき、互いの衣服の袖の部分を重ね合わせて畳んでおいたり、相手の衣服を自分のほうに掛け合ったりもして就寝した。朝が来れば元どおり互いに着せ合って別れる。そこに「衣衣」という表意が生じたようである。

経正は本書で四八首目の歌を採っている仁和寺門主の覚性法親王に、八歳から一三歳まで仕えて暮らした。『平家物語』で、琴の達人にまで成長した経正に、覚性は秘蔵する名器「青山」を下賜したことが知られる。叔父の忠度同様に都を警固する野営を、経正は「青山」を抱きつつ重ねていた。都落ちが迫った挙句、この名器を西海の藻屑にはできまいと、覚性を継いでいる門主、このあと八九首目の作者、守覚法親王のもとへ返却に赴く。

家集からうける印象だが、野営の夜にも経正は女郎花に琴の音を聴かせたことがあっただろう。

一首はまさしく野営の体験が詠ませた作なのである。

平家一門が都落ちをした寿永二年七月二十五日は現行暦八月二十一日にあたる。オミナエシもすでに花盛りがちかい頃合いだ。経正が野営をした嵯峨野から化野《あだしの》にかけては女郎花の名所でもあった。

都落ちをする経正が、仁和寺をあとに馬を馳せた下嵯峨から桂川に沿う野べにまで、折も折、散房状をなすこの黄花が名残を惜しむように揺らいでいたことだろう。

経正――生年未詳―一一八四。平経盛の長男。和歌は俊成に師事。都落ちには経正も、女郎花詠三首を含む一一九首から成る家集を俊成に托した。千載集に「よみ人しらず」として初出。

66

秋風ぞうらやまれぬるをみなへし起こしも臥《ふ》せもおのがままなり

源有房

【歌意】　秋風よ、全くもっておまえを羨ましく思わずにはいられなかった。女郎花を起こすのも横たわらせるのも、したい放題、おまえの気分しだいなのだから。（家集）

【語釈】　○ぞ――係助詞。「ぞ」の付いた語を取り立てて強調する。文中にあるばあい「ぞ」を受ける活用語は連体形で結ぶ。○うらやまれぬる――「羨む」の未然形＋受身の意を表わす助動詞「る」の連用形＋作用の完了を表わす助動詞「ぬ」の連体形。

風を客体に扱い、ススキ・オミナエシを主体として擬人化している作を味わってもらった。一首は風を主体に移動させ、その風をも擬人化しているところが斬新である。

オミナエシは茎が細い。直立するその茎の頂を分裂させ、小粒の黄花を散房状に咲かせる。この集合する鮮やかな色調から花の情念が匂ってくる。さらに、散房頂花は風のいたずらで隣の茎の頂花と絡み合ったりもする。あだっぽく絡んだ黄の造形に頬笑まされる。

野の茂みのなかにあってオミナエシは、かたわらに生い立つ草木に身ごしらえを助けられもする。風通しのよい庭に植栽されるとすれば、支柱を添えてやらないかぎり、生育しきってからの独り立ちはむつかしい。

ある年、わたしの乗る列車が擦れ違い待機で鄙びた小駅に停止したときのこと。向かいのホーム沿いに数株のオミナエシが目についた。垣根に括られて植わるが、風に煽られて折れはしまいか。対抗列車が予想を超える速さで通過していった。女郎花は。ほれ、大丈夫よ、と口々に言って笑ってくれているように見えたのを思い出す。

一首と同時期に、どちらが対抗心をみせたのか、申し合わせたかのごとく詠まれている作がある。触れておこう。

《女郎花よがれぬ露をおきながらあだなる風になになびくらむ》二条院讃岐。——女郎花よ。夜離《が》れをしない、朝までいてくれる露を住まわせながら、その一方、不誠実で当てにならない風などに、どうして心ひかれてしまうのか——。オミナエシの茎は細いばかりか弱いから、雨露にさえたわんでしまう。

有房——生没年未詳。源氏の血統でありながら平家歌壇で活躍した歌人のひとり。清盛の女を妻としていた。新勅撰集入集。

67 けさきつる野原の露にわれ濡れぬうつりやしなむ萩が花ずり

藤原範永《のりなが》

[歌意] けさ来たわたしも、着ている衣服も、野原におく露に濡れてしまった。このまま野原にいれば、わたしも衣服も萩の花にまで摺《す》り染められてしまうのであろうか。（家集・後拾遺）

[語釈] ○きつる――「来つる・着つる」の掛け合わせ。自動詞「来《く》」は変格で、こ・き・く・くる・くれ・こよ、と活用する。「着る」は他動詞上一段で、き・き・きる・きる・きれ・きよ、と活用。完了の助動詞「つ」は動詞の連用形に付いて、て・て・つ・つる・つれ・てよ、と活用。ここでは「野原」を修飾するから連体形。○うつり――移り。「移る」は、色や香が他のものに付着する・染まる・沁みこむ、意をもつ。

秋を代表する草花であるハギは「野守草《のもりぐさ》」という異名をもつ。平安期の京都では嵯峨野に野守（野の見張番）がおかれて、早春には末枯《うらが》れているハギの野焼きがおこなわれていた。野を焼きはらって芽立ちをさせねばならぬほどハギもまた生い茂ったのである。

ハギは根を土壌ふかくまでおろし茎も強靭であるから、末枯れの後始末が容易ではない。私はハギの根を引き抜こうとした経験をもつが、おいそれと抜けるものではなかった。ハギの野焼きは各地でもみられたにちがいない。

さて、初秋に立ちもどろう。萩の咲きひろまる光景は、現在も、露地の石畳や飛石に茂った枝がしだれかかり、歩むみちを見失うような風情がえもいわれない。細い通路が隠れてしまったりするとうれしい立ち往生をしてしまう。

草花を搾《しぼ》った液で布地を摺り染めする。ツユクサの青い汁液で浅葱《あさぎ》色を摺り出したりして、その布地をもって仕立てた衣服が「花ずりごろも」とよばれていた。

義孝の歌（61番）で言及したようにハギには圧毛がある。葉のみならず萼《がく》に圧毛がみられる種類もある。だから、ハギの茂みを分け入って露に濡れた衣服には、葉のみならず花びらまで付着しやすい。

このままでは身も心も花摺り衣をまとったようになってしまう。一首からは、野遊びでひと息ついたその折、うれしい悲鳴をあげているような気配を感じる。

大江匡房《まさふさ》に《秋の野の萩の錦をきてみれば袖うちふらむ道だにもなし》という作がある。

「きてみれば」の句がここでも「来て・着て」の掛詞となっていて、嵯峨野に遊んだ体験があって詠まれている。

一首は匡房詠より四半世紀ほどさかのぼり、やはり嵯峨野を歩いての作なのだ。範永のこの一首から「萩が花ずり」も「萩の下露」と肩を並べ、萩の妙趣を表象する成句として後代へ受け継がれていった。

範永――生没年未詳。十一世紀中葉、藤原頼通が後援する歌壇で受領層歌人として活躍した。和歌六人党のひとり。「八雲御抄」に源経信・能因に比すべき存在として評価されている。後拾遺集初出。

68
よしさらば落つともをらむ枝ながら見てのみあかぬ萩の下露　二条為道

【歌意】よし、それなら、しずくとなって落ちるとしても枝を手折ってみようか。枝つきのおまえを見るだけでは満足できないんだ。萩においている下露よ。（続後拾遺）

【語釈】○をらむ――折らむ。助動詞「む」が意志・希望を表わす。「居らむ」と読む賞翫も可。○あかぬ――飽かぬ。「飽く」は満足する。

中国伝来の陰陽思想はいう。春は陽、秋は陰と。さらに、秋はとりわけ陰の精気が露に顕われるとも。

節気の「白露《はくろ》」が現行暦で九月七日ごろ。夏の蓮にみた雨露ではない、空気中の水蒸気が地表の物体に凝結して銀色に光る、白露の朝がこのころから訪れる。

草原におく露も箔の粉が撒かれたかのように瑞みずしいが、歌人たちは、落ちそうで落ちない白露の玉を全身に着飾って枝をしなわせている、早朝の萩のたたずまいに目を奪われた。秋の精気がこもっているかと、萩がうけとめている白露に、神秘的な妖しさをも覚えたのであろう。

為道は学識豊かな青年だった。ことばの両義性をも駆使して心理の揺動をうたいあげた、これは青年らしい高踏的な一首である。

「よしさらば」と詠み起こしている以上、念頭を離れない先詠があったはず。**《折りて見**

ば落ちぞしぬべき秋萩の枝もたわわにおける白露》。《萩のつゆ玉に貫《ぬ》かむと取れば消《け》ぬよし見む人は枝ながらみよ》。いずれも、古今集よみ人しらず。為道が感応していたのはこの二首と思われる。

そこで、一首の「をらむ」を「居らむ」とも、「あかぬ」を「厭かぬ」とも読みとってみよう。こんな歌意も顕われてくる。

枝を折れば露の玉は落ちてしまう。糸に通して首飾りにしようとしても消えてしまう。古今歌はいうのだが、——よし、それなら、おまえが落ちるともここに居ることにしよう。枝に置いたまま見てこそ厭《あ》きがこないという、そのおまえ、萩の下露よ——と。

重層的な解釈をすればするほど、露の玉を抱きとめる萩の姿態までが、手にとるごとく瞼に浮かんでくるではないか。

為道——一二七一—九九。定家の曾孫、為世の長男。子女のひとりは後醍醐皇妃となった。幾多の歌人によって早世を惜しむ歌が詠まれている。新後撰集以下に七〇首。

69
夕まぐれ待つ人は来《こ》ぬふるさとのもとあらの小萩かぜぞ訪ふなる
源通具《みちとも》

【歌意】 夕闇が迫ってきた。待つ人は来そうもない。宮城野の旧跡でも、下葉を落としはじめている萩の群れを揺らす、風の音が聞こえているのではあるまいか。（千五百番歌合）

【語釈】 ○夕まぐれ――夕方の薄暗いさま。○もとあら――草木の根元のほうは葉が疎《まば》らになっている形容。○なる――「ぞ」を受けた「なり」の連体形。「なり」は音や声などによって事態を推定する意をも表わす。

萩を詠んでいる古歌では、古今集よみ人しらず《**宮城野のもとあらの小萩つゆをおもみ風を待つごと君をこそ待て**》が名高く、これを証歌とする作がうたい継がれていた。「ふるさと」は広義でむかし何か特別のことがあった土地を意味する。通具がこの古歌を念頭において、宮城野への感懐を「ふるさと」の語にこめているのは間違いないだろう。

一首が出詠された千五百番歌合について触れておきたい。

和歌史上最大の規模をみせたこの歌合は、建仁元年（一二〇一）、後鳥羽院による主催。

当時を代表する歌人三〇名が百首歌を出詠、左一五名・右一五名に分かれて、全三〇〇〇首が千五百番に組まれた。そして、出詠歌人中の一〇名が判者となり、それぞれ百五十番ずつを受け持って勝敗の判定をしている。

一首は六百一番の右歌で、合わされた左歌は後鳥羽院の作。さらにここから七百五十番まで、勝敗を決する判者が後鳥羽院自身であった。

歌帝の左歌は《このゆふべ風ふきたちぬ白露にあらそふ萩をあすやかも見む》。――夕方から風が起きてしまった。白露の散るを拒み引き止めている萩を、明日も見ることができるだろうか、見たいものだ――と、大意、そう言っている。

さらに、判者としての歌帝は、ただ「勝」の一文字のみを左右いずれかの歌に付すのでは虚しいからと、こんな一作を判詞にかえて示したのだ。

《見せばやな君を待つ夜の野べの露にかれまく惜しく散る小萩かな》――お見せしたい。あなたを待つ夜の野べにおく露に、別れを惜しみながら散ってゆきます。小萩の花は――と。折句になっている。各句の頭字をつなげば、ミキノカチ。右歌、通具の勝と判じている。「かれまく惜しく」は、離《か》れたくはないのだが。この小萩の花に左歌を詠じた自身を仮託した。

思い起こすのは、遥か以前の一夜のこと。私は通具の右歌を味わいつつ、歌帝の判歌にもじつに気配りが利いていると膝をたたいたそのとき、不意にこんな歌詞が閃いた。《思ひ人かならず来べし宮城野のもとあらの小萩折られず待たな》。すらすらと口を衝いても出たので、備忘帖に書きとめた。その後、無意識に記憶してきた和歌だろうかと、国歌大観の索引全般をあたってみたものの、見当らない。となれば、私自身の咄嗟の閃き、腰折れ歌だということになる。

宮城野は仙台市東方、古来の萩の名所。私は古今の名歌と通具のこの一首を思い起こすたび、右の腰折れをも口ずさんでいる。

通具——一一七一—一二二七。新古今集の撰者は源通具・藤原有家・藤原定家・藤原家隆・藤原雅経・寂蓮の六名。通具は父通親の代理として筆頭を占めている。新古今時代を代表する女流として式子内親王と双璧に挙げられる俊成女を最初の妻とした、新古今集初出。

70
そこ清き野沢に秋の色みえてわけぬ水さへ萩が花ずり　宮内卿

【歌意】つい目の前、底まで清く澄む野沢に秋の色が見えている。だから、まだ草葉を分けていない奥のほうも、沢水が萩を映して花ずりを起こしてくれているにちがいない。

（正治後度百首）

【語釈】○て――接助詞。活用語連用形に付いて上下の事態が平列することを示す。○わけぬ――別々にする意の「分く（下二段）」の未然形＋打消し「ず」の連体形。○さへ――までも。

宮内卿は弱年で詠作の才能を後鳥羽院に見出された女流。歌帝はこの少女を定家に引きあわせ、指導を請わせたりしている。一首は千五百番歌合が催される前年、歌帝によって初めて晴れ舞台に登場させられた、推定一五・六歳の作である。

花の茂みに近づいて花を賞美するとき、衣服に花びらが付着する。先述したとおり、その風情が「萩が花ずり」とよばれて成句化した。鹿が萩の茂みに隠れ臥すから、鹿の背に花ずりを賞翫した作も無いことはないが、詠まれつづけていたのは人物の衣服がみせる花ずりであった。

けれども、範永の先詠から一世紀以上が経過して、ようやく、花の摺《す》れる感興を生体以外にまで敷衍《ふえん》して味わう歌人が現われた。慈円といまひとりは定家である。

この二人が敷衍作を詠んだのはともに文治三年（一一八七）。いずれが先詠か。あるいは花ずりの趣意をひろめるため、対象をもひろげようと示し合わせた同時作なのかもしれない。その二首をもここに味わっていただこう。

《野べうつす屋戸のまがきに風ふけば下ゆく水に萩が花ずり》慈円。——野をまねて草木を茂らせているわたしの住居、その垣根に風が吹きつけるとき、垣根の下の掘割の水が花ずりを起こす。萩の花びらを浮かべて流れるので——。「うつす」を、模す、似せるの意と汲んで、大意このようになろうか。

《忘れ水たえまたえまのかげ見ればむらごにうつる萩が花ずり》藤原定家。こちらの花は散っていない。萩の群落の切れ目きれめ、野を流れて生じた人さえ気づかない溜まり水に、濃淡さえみせて、萩の花がひそやかに映っている。

この二作の発想と感興の斬新さをつよく印象したのが、少女の宮内卿だったのだ。とりわけ指導を受けたことのある定家の作を、宮内卿は徹底して見つめたところに、一首を紡ぐことができたのであろう。

最後に私の個人的見解を。慈円・定家の作は、花ずりの摂取に新境地をひらいたものの、いまだ目に映る風情を詠じたにとどまっている。こちら宮内卿の一首はどうか。表現は円熟の域まで達してはいない。しかし、風情よりも風情をめぐらす心のはたらきが顕われている。定家は後鳥羽院とともに、一首のみせる心のその情調にふかく頷いたのではないだろうか。

宮内卿――一一八五頃―一二〇五頃。女流として後鳥羽院に歌才を見出され、脚光を浴びたものの夭折。新古今集初出。同集には一五首が入集。

71
なにびとかきて脱ぎかけし藤袴《ふぢばかま》くる秋ごとに野べを匂はす

藤原敏行

【歌意】 誰か人が着て来、脱ぎかけていったのか。そんなことは無いだろうのに。藤袴は秋がくるごとに野べを色どり、薫らせてくれる。（家集・古今）

【語釈】 ○か――係助詞。反語の意を表わす。○し――過去の助動詞「き」の連体形。○匂はす――色どる、芳香を漂わす。

60首目に添えて引用したように、敏行は古今集秋の部の巻頭歌を詠じた歌人。一首も同集秋の部にみえる。

万葉歌で「秋の七草」といえば、ハギ・ススキ・クズ・ナデシコ・オミナエシ・フジバカマ・アサガオ。このうち万葉歌と同じ漢字が現在も当てられているのは葛《くず》・藤袴のみである。

フジバカマの花の色は淡い紫。平城遷都以降の万葉第三期（七一〇―七三〇）ごろ、宮中に出仕する女性の「重ねの色目」がすでに定まっていて、秋の袴の色が「藤紫」であったところに、中国からすでに渡来していたこの秋草に「藤袴」と漢字が当てられたかと思われる。

花・葉・茎の形状がオミナエシに似る。とりわけ頭頂に小花を散房状に咲かせるところが、色こそちがえオミナエシに生き写し。目立つ相異といえば、オミナエシより背丈が少し低いのも幸いしてか、滅多にこちらは折れ臥すことがない。

私の少年のころは、オミナエシ同様、野で採取できた秋草なのだ。小川の土手や田の畦などにも咲いていた。花の集合が間隔をおいて散らばっていて、それぞれが車座で話し合っているような風情だった。一首が言うように、確かにふんわりと羽織や袴があちらこちらに脱ぎひろげてあるようにも思えたものだ。

しかし、このフジバカマ、絶滅危惧種の一つに数えられ、いつしか園芸品種としてわずかに接するのみであったが、近年、補修をおえたばかりの路肩などに咲いているのが目にとまる。地下茎を横に這わせるから、土壌を固める効果が期待されているのか。ともあれ、花に見とれてハンドル操作を過つ人がないように。そういう注意が叫ばれるほど野に甦ってほしい草花の一つである。

一首と同じく古今集から譬喩歌の一作を拾っておこう。

《秋風にほころびぬらし藤袴つづりさせてふきりぎりす鳴く》在原棟梁。——秋風をうけて花の蕾がほころぶ（ひらく）というが、袴までほころびて（縫い糸が切れ穴があいて）しまったらしい。藤袴よ、早くほころびを縫い綴らせよと、ツヅリサセコオロギが鳴いている——。きりぎりすはコオロギの古名。

敏行——生年未詳—九〇一。在原業平の義弟。業平の妻の妹に求愛歌をおくり、業平が返歌を代作していた。三十六歌仙のひとり。古今集初出。

72
腰ぼそのすがる群れたつ朝風にその香も高きふぢばかまかな　　加納諸平《もろひら》

【歌意】　腰ぼその似我蜂《じがばち》が飛び立ってゆく。朝風が匂うから、きっと香りの高い藤袴に群れていたのだなァ。（柿園詠草）

【語釈】　○すがる——ジガバチの古名。シカの異名。○に——格助詞、判断の基準となる結果を表わす。によって。

万葉・古今以来、「すがる」はときおり詠作にとりあげられていた。ところが、どの作もジガバチを指すかシカを指すか、いずれとも判断でき、江戸末期に現われたこの一首も、伝来の詠風に則るので解釈はご自由に、といわんばかりのうたいぶりである。

古今集には、よみ人しらずで《すがる鳴く秋の萩はら朝たちて旅ゆく人をいつとか待たむ》という作がみえる。秋の牡鹿は萩の茂みに臥し、喉を反らせて妻を求める鳴き声をあげる。だから、この歌など、中世にはジガバチよりシカと解釈されるほうが一般だった。

古代の中国では「蘭《らん》」の字がフジバカマを意味しており、歳時記の類をみると、行事のさいにはこの秋草を浸けた湯に入浴する習慣があって、香草・香水蘭などともよばれている。私は花瓶にフジバカマを活けたことがありながら、香りには気づいてこなかった。端午の節句の菖蒲湯が強く匂うように、フジバカマは湯に浸けると薫るアヤメ（現在のショウブ）に類するのかもしれない。

果たしてジガバチがフジバカマの香を嗅ぎ分けて群れるのか。一首の解釈でそこを不可解に思っていた私は、ある年の夏、この作のスガルをジガバチと断定したい理由を実地に経験することになった。

私は小さな庭を菜園もどきにもしてササゲを植えていた。早朝、ひらいたばかりのササゲの蝶形花の色が、冴えた淡紫で息を呑むほど美しい。比較をすればフジバカマの花色だ。そう思っていたササゲの花を見るために、その朝も庭下駄をつっかけた。

バサッと音がして群れをなすハチがササゲの蔓の葉かげから飛び立った。つねに見ているハチとはちがう。胴が極端に細い。ジガバチだった。このとき、香というより花の色がジガバチを引き寄せたのではないかと、私は感触を覚えたのである。

さらに後日、似我蜂草という蘭科の野草が日本全土に生植し、その花がこれまた淡紫で藤袴に類似することをも知った。

ジガバチは淡紫という花色に引きつけられ、ササゲにみたようにフジバカマにも群れる性質をもっているのではなかろうか。諸平はその生態を目視したところに、香水草の名も思い浮かぶので、この一首を紡ぐことになったのかもしれない。

諸平――一八〇六―五七。宣長を継いだ本居大平《おおひら》に師事し、国学者歌人として活動。京都を中心に発展した桂園《けいえん》派に拮抗する結社、柿園《しえん》派を起こした。柿園詠草は家集。

73

こころから竹の編戸に添ひ立ちてあくれば乱る宿のかるかや

藤原公重《きんしげ》

【歌意】心から竹の編戸を頼って添い立っているのだが、開ければきっと折れ乱れてしまうかもしれないなァ。この宿の苅萱《かるかや》も。（風情集）

歌意は、接助詞「て」が上下の事態の逆接関係を示し、同じく「ば」が予想を表わすと汲んでみた。

この秋草はメガルカヤとオガルカヤが知られる。秋風が草葉をなびかせて吹きわたってゆくとき真っ先に折れ乱れるのは苅萱、と詠じている歌がある。まさしくそのとおり。オガルカヤのほうは茎が細いにかかわらず堅いから、少しはもちこたえるらしい。けれども、メガルカヤは茎は太めなのにいち早く災難に遇ってしまう。

野に見出す苅萱の群落は茎の折れ乱れが痛いたしいから、必ず足止めさせられる。そこで交感をするうち、苅萱にも感情がはたらいているかと思えてきて、痛いたしさが一転、健気に映じてくる。そういう風情に私は魅せられてきた。

公重も無邪気な子供たちに話しかけるように、この宿の苅萱たちに目を細めたにちがいない。

私の暮らす京都ではいま現在も、閑静な地域を歩くとき、路傍のコンクリートの切れ目などに、この秋草が伸び立っているのが目につく。立ち止まって声をかけることにしている。

公重――一一一九―七八。徳大寺実能《さねよし》の猶子。西行と交渉が深かった。治承三十六人歌合の作者。風情集は家集。詞花集初出。

74 鷺《さぎ》のとぶ川べの穂たでくれなゐに日かげさびしき秋の水かな　藤原家良《いえよし》

［歌意］ 白鷺があちらこちら、川のほとりの蓼《たで》の茂みが紅い穂花をつけている。流れはひそやかな日差しをも映して、まさに秋の水の色だなァ。（新撰和歌六帖）

秋雨前線が遠ざかり、中秋へとかかる頃合いは、蓼の紅い穂花が真っ盛り。小魚や水棲虫を川の浅瀬についばむ白鷺をとくに印象するのも、冬鳥がまだ渡ってきていないこの時季だ。

そこで「鷺のとぶ川べ」を、サギが空中をゆくという意ではなく、とびとびの意、浅瀬のここかしこにシラサギが目につく川べ、と汲んでおきたい。「日かげ」も日の光の意で、「さびしき」も、ひっそりと鎮まっている、おもむきとなろう。

「穂たで」は穂状の花を咲かせているタデ。タデは種類が多いが、中秋へかかって流水量が安定してきている頃合いは、川の中州にまでタデの紅い小花が群落をなして咲いているのを遠目にすることがある。

浅瀬の砂利をかいて水棲虫を捕食するシラサギたち。抜き足・差し足のユーモラスな餌あさりに目を凝らすうち、不意に動かなくなり、羽毛を川風にふかせて哲学者のように佇《ちょ》立《りつ》してしまう。

鷺の白さと蓼の紅さがあざやかなコントラストをみせて、そこに下句の物憂い秋のトーンが輪郭を現わしている。

一首は「たで」の題詠。家集は「ひかげ」を「夕日」としているが、ここには新撰和歌六帖にみえる歌体を採った。

家良——一一九二—一二六四。定家に師事。新古今後の後嵯峨院歌壇に競った主要歌人のひとり。新撰和歌六帖を主催、五二四の歌題をもうけて、藤原信実・六条知家・藤原為家・真観とともに、五名で一首ずつを詠じた。新勅撰集以下に一一八首。

75
ふるさとの庭の芭蕉のひとつ葉をあまたになして秋風ぞふく

藤原隆祐《たかすけ》

【歌意】ここは懐かしい思い出のある庭。芭蕉の大きな葉を切れぎれに変えて、いま秋風が吹いている。（家集）

俳人芭蕉の深川の草庵は、「茂りかさなりて庭を狭め」る芭蕉の葉が、「萱《かや》が軒端もかくるるばかり」であったという。

私は少年のころ、芭蕉と蘇鉄は洋風建築にマッチしているのをよく見かけたので、ともに植栽の歴史はさほど古くはないだろうと独り合点をしていた。ところが、この観葉植物、平安中期にすでに渡来していて和歌に現われる。周知のようにバナナと近縁の植物である。松尾芭蕉は葉の大きさを「琴をおほふにたれり」と書いているのだが、今日ふうにいえばサーフィンのボードにでも譬えるのが適切であろうか。

オギやススキをそよがせたのは爽やかな西風だった。しかし、秋が深まって愁いと悲しみの季節感がつのるにつれて、風もうらさびしさを濃くしてくる。秋雨前線が去って乾燥した日和がつづき、バショウの葉は裂けやすくなる。バショウには葉に側脈とよばれる筋が平行している。風にあおられたとき、側脈が音をたてて裂け、葉片がひらひらする。

私が通学した京都大学の、コの字型をした文学部本館の中庭に、大きな芭蕉の株がみられた。その芭蕉の葉が裂ける瞬間を目撃して私の念頭をかすめた、現在も記憶している二つのことを開陳しておこう。

昭和の戦後、間もないころは、諏訪根自子（ヴァイオリニスト）の演奏活動が盛んであった。あるとき、京都の弥栄会館のかぶりつきで私が演奏を聴くさなか、弦が切れた。その瞬間の不気味な夾雑音、奏者の悲痛な表情が、目の前の芭蕉の葉が裂けた刹那に発現した。

いま一つは、またの日。フランス文学の演習講義がおわったばかり。私は芭蕉の株の前、ベンチに腰かけて、いましがた伊吹武彦教授が口ずさまれた、ヴェルレーヌの「秋の歌」の訳詞、冒頭部分を思い起こしていた。《秋の日のヴィオロンの溜め息のひたぶるにうら悲し》。ずいぶん大胆な意訳なのだが、テキストをなお保存していて開いてみると、右のように書きとめている。このときも、バリバリという表現は大袈裟すぎるが、バリバリを絞ったような芭蕉の葉の裂ける音を耳底ふかくにとどめたのである。

《いかがするやがて枯れゆく芭蕉葉にこころしてふく秋風もなし》藤原為家。――葉に裂け目が生じはじめているが、如何ともしてやれない。そのうち枯れてゆく芭蕉葉なのだから、風よ、いたわって吹いてほしいのに、そういう秋風もない――。

為家は藤原定家の嫡男。隆祐は藤原家隆の嫡男。定家・家隆が新古今時代を牽引した歌人として比肩されるように、為家の右の作も一首と交感するところに詠じられたであろうか。

《秋の午後ヴィオロンの音のうらかなし風のきたりて芭蕉葉を裂く》。これは母校の中庭とヴェルレーヌの詩句を思い起こしつつひねった私の作。駄目だなァ、独り合点の腰折れだ。そう自覚するから恥ずかしいけれども添えさせていただく。

果たして、私の通学した大学の中庭のようなふるさとが、一首を詠じた作者にもあったのだろうか。

隆祐――生没年未詳。最初の詠作は正治二年（一二〇〇）の後鳥羽院当座歌合。隠岐配流後の後鳥羽院が催した遠島歌合に、父家隆とともに参加。作歌活動の最後は建長三年

（一二五一）の影供歌合。新勅撰集初出。

76 **刈りはてて守《も》るひともなき小山田《をやまだ》に生ふる稗《ひつち》のあるはあるかは**　大進《だいしん》

【歌意】 刈り入れがおわって見張番もいない山田に稗が生えている。芽が出たことは出た稗だが、まだ確かに生い立ったとはいえないほどだなァ。（永久百首）

【語釈】 ○稗——稲の刈り株から生え伸びた新芽。○あるはあるかは——「かは」が詠嘆をともなう反語の意を表わす。

「稗田」の題詠。歌題を定めて和歌を詠む組題の典拠となったのは堀河百首。次いで成立をみたのが永久百首である。先詠された百首との題の重複が回避されたところに、歌人たちは「稗田」などという予想もしなかった題で秋歌中の一首を詠むことになった。

ヒッチの呼び名は刈り取りがおわって水を落としたあとの乾土《ひつち》に生えるひこばえ（新

芽）であるところに起こったらしい。けれども、漢字の「稂《ろう》」は穀物を害する悪草をほんらい意味するから、ヒツチに当てられたのは可哀相だ。

永久百首からいま一首、**《引板《ひた》かけぬ晩稲《おくて》とや見むよそ人が室《むろ》の刈り田に生ふるひつちを》**と、源忠房。「引板」はシカ・イノシシやスズメなどを追い払うために引き鳴らす鳴子。「室」は温室で苗を育てて収穫を早めた早稲《わせ》。収穫のちかい稲田には必ず引板がぶらさがり、それを鳴らす見張番がいるはず。引板がみえない、ヒツチで青あおとした田を、全くの門外漢は、晩稲がまだ穂を出していないと見るのではあるまいか。忠房はそう言っている。

大進が目をとめたのは、引板の見張番もいなくなった、早稲の刈り取りが疾うにおわった山田である。晩稲の刈りあとにヒツチは生えない。早稲田であったからヒツチは芽吹いたが、冬の到来が近く、穂を出すまでにヒツチは枯れる運命にある。

大進のほうはそこで言っているようだ。穂に出ずとも楽しく育っておくれ。一首からは葉も小さく稈も細く短い、青あおとしたヒツチにそそぐ慈愛の目が感じられてくる。

大進——生没年未詳。永久四年（一一一六）堀河院で披講の永久百首に若くして抜擢され、藤原仲実・源俊頼らと出詠した。長じてのち後白河院皇后忻子《きんし》に出仕。千載集入集。

77
目も離《か》れず見つつ暮らさむ白菊の花よりのちの花しなければ　伊勢大輔《いせのおおすけ》

【歌意】 目も離《はな》れないよう見つづけて暮らそう。この白菊の花より後に咲く花はもはや無いのであるから。（上東門院菊合・後拾遺）

【語釈】 ○離れ——自動詞「離《か》る」下二段の未然形。○し——強調の副助詞。「大和しうるはし」のたぐい。

菊に交配改良で品種がふえはじめたのは室町末期からである。それ以前、栽培されていた純粋のキク科キク属の花は、中国渡来の黄の小輪（アブラギク）がわずかにみられた以外、日本原生の栽培菊は白い小輪のノジギクとリュウノウギク、二種のみであったらしい。

一首は、長元五年（一〇三二）十月十八日、上東門院彰子が催した菊合《きくあわせ》に出詠されている。「菊合」とは左右から和歌を菊花に添えて出詠、花と歌双方の優劣を競った歌合。七名の女官が計十番二〇首を披露しているが、うたわれているのは白菊のみ、花もすべてが白菊であったようだ。

旧暦九月九日、重陽《ちょうよう》の節句が「菊の節句」ともよばれ、この日に菊の花びらを盃に浮かせて酒を酌み交わし、災厄を払って長寿を念ずるのが慣わしであった。往日、白い小菊たちは重陽のころに咲きはじめたのである。長元五年十月十八日は現行暦の十二月二日にあたるから、菊の花どきがずいぶん長かったと分かる。

さらに、小菊といっても往日の花は、現在よく目にする、盆栽様に咲かせた、花頸が短く花弁の多い、ちんちくりんな形状ではない。枝分かれも自由自在、花軸の長い弁状花であった。私はときおり原種の血がなお脈搏つと感じられる小菊に巡り合うたび、その無邪気で伸びやかな風姿に魅せられてきた。

作者は根っからの菊びいきであった。《さまざまの色をば見てし身なれども菊に心を移ろはすかな》。最晩年、出家をして山里暮らしをはじめたときにこちらは詠まれている。一首にもどって「見つつ暮らさむ」というのであるから、作者の手折って歌に添えた小菊はなお咲きつづけた。この菊はリュウノウギクだったろう。私がなぜそう思うかは、冬の部でも白菊詠を採りあげるので、そちらでご納得をおねがいする。

なお、菊合がおこなわれた旧暦十月十八日はすでに冬。しかし、この一首は重陽の季感で秋歌として後拾遺集に採られている。本書の賞翫もそれに追随した。

伊勢大輔——生没年未詳。一〇〇七年頃、二〇歳前後で上東門院彰子に出仕。長じるにつれ門院筆頭の女官として数多くの歌合で活躍した。一〇六〇年以降、高齢で没。中古三十六歌仙のひとり。後拾遺集以下に五二首。

78
いろいろの野べ見しよりも柞《ははそ》はら木々の錦は立ちまさりけり　　俊恵

【歌意】 いろいろな野原を見てきたばかりだが、柞の木々が映え立つ原は、いちだんと色模様が抜きん出ていたなァ。（林葉和歌集）

【語釈】 ○見しより——「し」は完了の助動詞「き」の連体形。格助詞「より」は活用語の連体形につくとき、「…するやいなや」の意を表わす。○柞――ブナ科の落葉高木の総称。○錦――色模様。

柞という概念には多くの樹木があてはまるのだが、和歌では櫟《くぬぎ》と楢《なら》が詠まれてきていると断じてよいようだ。ナラには常緑種もあるから、落葉するナラの代表といえば、コナラ・ミズナラ・ナラガシワ。56首目の宗尊親王詠にみてもらったように、葉の大きな楢《なら》柏《がしわ》のみは別扱いで、楢として詠まれていた。そこで、和歌に現われる柞は、クヌギ・コナラ・ミズナラの三種であったとみなしてよいことになる。少年たちがクワガタムシ・カブトムシを捕ろうとめざす、あの木々である。

往日、日本人の日常は木炭・薪・柴を生活燃料としていた。これに最も適していたのが柞で、クヌギ・コナラ・ミズナラは落葉樹林の中心的な存在であり、人工林としても日本全土に展開していた。

柞は落葉樹のなかでいちはやく黄葉する。万葉歌の多くが木の葉の秋の色づきをうたっているが、そのモミジの用字法が表音文字（万葉仮名）では「毛美知《もみち》」あるいは「母美《もみ》知《ち》」、表意文字ではすべて「黄葉《もみち》」なのである。「紅葉《もみち》」という表意表現は一首のみしか見あたらない。ということは、万葉びとたちが、主として柞の色の移りゆきに木の葉の錦を賞美していたことになる。

柞樹はまず初夏の新緑が銀白の映えまでみせて風に波立つ光景が美しい。秋となれば、際立ってくっきりと色づいた黄の葉が徐々に冴えざえした褐色に変じてゆくその推移にも、この柞のように目を奪われることになる。

俊恵――一一一三―九五以前。源俊頼の男。自坊の歌林苑に地下《じげ》歌壇を設け、清輔・頼政・教長・寂蓮・讃岐など著名な歌人が集結した。林葉和歌集は家集。詞花集以下に八四首。

79
柞原しぐるるままに常磐木《ときはぎ》のまれなりけるも今こそは見れ　　小侍従

【歌意】 柞の木々が多い原が時雨に降られ、色づきを濃くしてゆくにつれて、山々に常緑

の木々は少なかったということも、今しばらくすれば分かるのだろうなァ。（家集）

【語釈】 ○ままに――につれて。○常磐木――常緑樹。○も――係助詞。類例が他にあることを暗示する用法。○今――近い未来をさす。

一首には「紅葉山にみつ」と詞書が添っている。

詞書とはほんらい、その歌が詠まれた場所・事情などを説明するが、この詞書は、歌の表面には現われていない、作者の心にある光景を明かしているのだと理解したい。

陽光が射していながら細かい時雨が降ったり已んだりする。夜は急激に冷えこむようになってきている。時雨現象と昼夜の気温較差が木々の葉を発色させる。歌人たちはこの作のように、色を濃くしている柞の原の黄葉をまず実見しながら、奥山から外山へと徐々におりてくる木々の紅い染まりを心の乾板におよび覚ましていた。

近年、「ナラ枯れ病」とよばれて、柞の木々たちがカシノナガキクイムシという小さな昆虫に侵されている。その被害はかつてのマツノザイセンチュウによる松枯れに酷似する。柞の木々を常に目にする環境にいられる人びとにお願いしておきたい。里山の柞林、野べの柞原を守ってくださるように、と。

ハハソの黄葉はカエデ類の紅葉以上に、晩秋を彩る日本の原風景であったのだから。

小侍従――一一二一頃―一二〇一以降。二代后多子に出仕、中年から和泉式部に比肩される艶名をもはせ、源頼政の最後の伴侶となった。千載集以下に五五首。

80
時雨《しぐ》るれどよそにのみ聞く秋の色を松にかけたる蔦《つた》のもみぢ葉　俊成女《しゅんぜいのむすめ》

【歌意】時雨はきているが、まだ遠方からしか伝わらない晩秋の色を、蔦はすでに見せてくれている。松にからませた黄葉で。（家集）
【語釈】○松――掛詞として「待つ」の意も。○かけたる――下二段活用「掛く」の連用形＋「たり」の連体形。意は、つなぎ合わせる。
蔦の黄葉も柞についで早いように思う。黄葉が褐色というより紅みにちかくまで深まる蔦もある。

技巧の克っている作だから、いまいちど歌意をかみくだいてみよう。――時雨らしい雨はきているものの、紅葉の便りはいまだ北の国から聞くばかり。とはいうものの、晩秋の色づきを待つわたしを蔦は心にかけてくれているのか、早くも松にとりすがった黄葉をみせてくれていることだ――と。

近似詠を一首添えておこう。《**常磐木のみどりを秋にもらさじと松に色かす蔦のもみぢ葉**》法守《ほうしゅ》法親王。――晩秋の木々の彩りは紅葉のみが占めるのではない。常緑樹、とりわけ松の緑をも晩秋の風情のなかから洩らさないでほしい。そう言わんばかりに、蔦のもみじ葉が松に絡んで松の緑を引き立てていることよ――と。

皇室の恒久を千年の寿命を保つとされる松に象徴させ、皇室を支える摂関家藤原氏の権威を藤に仮託、松に藤を添えるのが平安王朝期の作庭法の一つであった。平安末の院政期から鎌倉期にかけて、藤を蔦に変えるのが作庭上の傾向にもなっていた。

俊成女――一一七一―一二五二以降。藤原俊成の外孫。俊成に養育された。後鳥羽院歌壇で活躍。式子内親王に次いで新古今歌風を代表する女流。新古今集以下に一一六首。

81
あはれさてこれはかぎりの色なれや秋も末葉の櫨《はじ》のむらだち

藤原雅経《まさつね》

【歌意】妙趣。それにしてもこれは極限の色だなァ。秋も末、葉も末、複葉のてっぺん、小葉の尖端にはじの紅みが群がり立っている。（明日香井集）

【語釈】○や――活用語の已然形に付き、間投助詞として詠嘆を、係助詞として反語の意を表わす。

ハジはハゼと現在よばれるウルシ科の小高木。紅い色づきが早く明るく美しい。私は少年のころ、ハゼの紅葉と高原をより早く彩っていたナナカマドの紅葉の区別がつかなかった。葉はハゼもナナカマドも奇数の羽状複葉。小葉も両者ともに九から十五片である。

雅経は掛詞と本歌取りを駆使する歌人なので、私はこの作の下句をどのように味わうべきか、長いあいだ釈然としない思いを懐いていた。ようやく腑に落ちたのが一九九二年十月二十九日。雅経が立ち合ったにちがいないと確認できる情景に、私も遭遇したのである。場所は京都御苑。馴染みの小高木の、羽状複葉の頂点をなす小葉、その尖端部分のみが、まるでリトマス試験紙が染まったように真紅に発色していた。こんな深い紅《くれない》があってよいものか。目を疑うほど、それは濃い色だった。

小豆粒ほどの紅《あか》い斑文は羽状複葉ほとんどの頂点に密に散らばって、まるで樹冠全体が斑文《はんもん》のヴェールを着ているかのよう。「末葉の櫨のむらだち」は「末葉の端の斑《むら》だち」でもあり、「かぎりの色」極限の紅は今日かぎりしか目にできない色なのだと、その場を私は立ち去ることができなかった。

斑文は徐々に溶け出して複葉のすべてを明るい紅みに染めあげていったようである。十日ほど経って、この櫨の木が炎をあげて燃えているように見えた光景をも忘れられない。

一首は「や」が「なり」の已然形を受けているのだが、間投助詞として詠嘆を表わすのみならず、下句への係助詞としてやはり反語の意をも含ませているのだと思う。なんと濃い色であろうと詠嘆し、一方で、櫨の木そのものの紅葉が極限に達するのはまだまだ先のことなのだ、とも。

柞の黄葉につづいて櫨は紅葉の先導樹である。わかりやすい江戸期の歌一首を添えておこう。**《木々の色も山路もふかくなりにけり柞につづくはじのむらだち》**村田春海。

雅経――一一七〇―一二二一。飛鳥井流蹴鞠《けまり》の祖。後鳥羽院の側近歌人として和歌所の寄人となる。新古今集撰者のひとり。明日香井集は家集。新古今集以下に一三四首。

82 **もずのゐる心もしりぬはじ紅葉さこそあたりをわれも離れね**

藤原公衡《きんひら》

【歌意】 もずがはじの木に居着く心情もわかった。紅葉もみごと。わたしももずのように、あの木のそばを離れないでいることにしよう。(家集)

【語釈】 ○心――事情。○さこそ――然こそ、あのように。○あたり――その付近。○ね――「こそ」を受けた已然形。

「もずの速贄《はやにえ》」という成語がある。国語辞典の類に、「モズが秋、虫や蛙などを捕えて、これを餌とするために、木の枝などに刺しておくことをいう」と説明されている。これを実見したことのない私はあるとき、丹沢の山村でモズの生態を撮影しているテレビの記録番組に目を奪われた。なんと、モズが捕えた生き餌を串刺しする木は、どのシーンもすべてハゼだったのだ。

紅葉を愛でる趣意からは脱線するが、モズがなぜハゼをえらぶか、私の納得した理由を述べておきたい。

話は枝移り。京都の植物園にただ一幹のみなのだがハゼの壮木があって、これまたあるときのこと、私はその木のもとで、過去に植物園の職員だったという老人と出合った。聞くところによれば、昭和の戦時中には植物園に二〇幹のハゼの木が見られたという。戦後の一時期、植物園はアメリカ進駐軍に接収されて、園内には将校家族の暮らすプレハブが建った。「アメリカの子供たちがハゼの木に登って遊んだのです」。オウチのように大木とまではならないものの、オウチに似て、ハゼは登りたくなりそうな幹分れをしている。「子供たちがかぶれて皮膚に炎症を起こすので、全部の木がばっさり切られてしまってね」。「じゃ、この木は戦後の植樹なのですか」。「いいえ、これ一本だけはまだ若木だったから、目こぼしされたんです」。

なるほど、ウルシ科であるから、ハゼは樹液に有毒成分を含んでいるのだ。

いま一つ、脱線話を。奈良公園の飛火野は、ひところ、丸葉ナンキンハゼの紅葉が鮮烈であった。「他の木が茂らないのはなぜでしょう」。在地の人から謎をかけられたことがある。「鹿が芽を食べつくすからでしょう。ハゼにだけは鹿が近寄らないからではありませんか」。「正解です」ということだった。

ちなみに、ナンキンハゼは手元の樹木図鑑でトウダイグサ科に分類されていて、この科にも有毒植物が多い。

さて、「もずのゐる心もしりぬ」にもどろう。ハゼの小枝に串刺しで保存される餌は、羽状複葉の繁茂がふかいので上空から見えにくく、他の鳥たちに奪われるリスクが低いのであろう。地上からも動物たちはかぶれを恐れて近づかず、ヘビ・イタチなどに奪われる心配もないのではあるまいか。

ハゼが裸木となった冬、モズは保存した餌を食べる。すでに干からびて小枝からぶらさがる餌を、他の鳥たちは枯れた羽状複葉が絡まっていると見誤るにちがいない。

なんといっても紅葉の移ろいが明るく鮮烈で、しかも刺激的に美しいのはハゼ。一首の作者はそんな思いで、モズの行動にも着目しながら、一幹の壮樹を観察しつづけたのではないだろうか。

公衡――一一五八―九三。石庭で知られる世界遺産、龍安寺の地に最初の山荘を営んだ徳大寺実能の孫。二代后多子・徳大寺実定の同母弟。千載集初出。

83
尋ねみるふもとの里はもみぢ葉にこれより深き奥ぞ知らるる　藤原俊成《しゅんぜい》

【歌意】尋ねめぐる山ふところの村里は、紅葉の色づきの程度によって、どこからでも、奥山のさらに深い染まりが感知されてくるものだ。（女御入内屛風和歌）

【語釈】○尋ねみる――尋ね廻《み》る。○これより――掛詞として位置・程度を指示する。ここから・このぐらいより。

秋もいよいよ深まって、カエデの類も色づきをみせてきた。

文治六年（一一九〇）、摂政藤原兼実の女任子が女御として後鳥羽天皇に入内した。兼実はこれを慶祝して三面屏風一二帖を調達、計三六面に、画家には絵を描かせ、歌人には和歌を添えさせた。ある一面に晩秋の村里が描かれていたのであろう。一首はその絵のなかに書き添えられた作である。

カエデ科の類の紅葉《こうよう》では、ヤマモミジとオオモミジが主であった。当時はそこへ、タカオカエデともよばれるイロハモミジが園芸品種として台頭、平安京近郊の村里で植樹されはじめていたかとも考えられる。俊成はイロハモミジを賞翫しつつ、まだ奥山のみにしか見られないヤマモミジ・オオモミジの紅葉をこの詠作に偲んだのかもしれない。

和歌では古今集以来、長い時代をとおして和歌十体と称し、詠風が十種に分けられることがあった。そのうち、とりわけ重んじられたのが、長高《ちょうこう》・有心《うしん》・幽玄の三体。長高体とは格調が高く雄渾で壮美なうたいぶりをさすのだが、俊成の詠風は長高様に優れると評されていた。一首も長高様の気品がよく顕われた作といえるだろう。

《山里ははひりのかへでせどのはじ秋にもれたるところなきかな》井上文雄。「はひり」は表口、「せど」は背戸で裏口だが、前句は染まり初め、後句は散り初め、その隠喩でもあろうか。江戸末期のこんな長高様の作までが、俊成の一首を典例とみなしたところに詠まれているかとさえ思われてくる。
俊成――一一一四―一二〇四。定家の父。五〇代で六条藤家に拮抗する歌壇指導者となり、七五歳の千載集撰進で第一人者となった。詞花集以下に四一八首。

84
秋山のふもとに高き松が枝《え》のこずゑは嶺《みね》のもみぢなりけり

二条為世《ためよ》

【歌意】秋の山裾に松が高くそびえ立っていた。松の枝透きに覗く彼方、山の高みが紅あかと映えていた。松の翠《みどり》と紅葉《こうよう》がおのずから溶け合って、この身が癒やされていったのだ。

（題林愚抄）

対象のみせる風情そのものよりも、対象に情趣をめぐらす心の働きが感じられる詠風を、有心体という。一首には有心様の平淡美、余情が充ちている。
為世は《おのづから憂きを忘るるあらましの身の慰めは心なりけり》という述懐詠も知

られて、有心様を重んじた歌人でもあった。

「こずゑ」をば、樹木の頭頂を意味する梢というより、梢の彼方、「木末」をさすと解したい。「嶺」も峰・峯と同意ではない。峰・峯は山頂および稜線をさすが、嶺は山が高みとして領している部分、すなわち頂上に近い高所一円をさす。

私は一首から大好きだった小学唱歌「もみじ」を思い起こす。いまもよく口ずさむその一節を添えておこう。《秋の夕日に照る山紅葉／濃いも淡《うす》いも数ある中に／松をいろどる楓や蔦は／山のふもとの裾模様》。

為世——一二五〇—一三三八。二条家祖為氏の男。新後撰集・続千載集を後宇多院に撰進。定家の曾孫であり、御子左家嫡流の当主として鎌倉末期歌壇の第一人者たる地位を守った。門下から浄弁・頓阿・兼好・慶運らが輩出。題林愚抄は室町期に成立した類題歌集。続拾遺集以下に一七七首。

85 峰は散りふもとの色はこがるれどまだ庭も狭《せ》にうすきもみぢ葉　細川幽斎

【歌意】峰のもみじ葉は散ってしまい、山ふもとの紅い色もすでに焼け焦げるばかりに鮮烈だ。けれどもこの住居のもみじ葉はまだ、庭も狭しとばかり、淡い染まりをしかみせてくれていない。（衆妙集）

【語釈】○こがる——焦がる、変色する。「こがるれ」は下二段活用の已然形。○ど——接助詞。活用語の已然形に付いて、逆接の確定条件を表わす。

紅葉は峰に早く麓に遅い。染まりがだんだんと山を降りてくる。

この一首には幽玄美を味わってみよう。古来、幽玄体とは対象のみせる風趣・情調が重層するありさまを意味していた。鎌倉期以降はその深遠な様相を優美・上品にうたいあげた詠作が幽玄様とよばれている。

ちなみに、「庭も狭」という雅語について一言しておきたい。最初に「山もせに咲けるあしびの（山毛世尓咲有馬酔木乃《やまもせにさけるあしびの》）」「山もせにさけるつつじの」とうたう二例が万葉歌としてみられ、山も狭しとばかり、山いっぱいに咲いていると解釈されてきたところから、平安期に入って成句化した「庭もせ」も、一首の歌意に示したように「狭」があてられた。しかし、千載、新古今期には「庭もせの苔のむしろに」「庭もせの花の白雪」などと詠じている例があり、その解釈では「庭面《にわもせ》」とあてられている。一首もそれゆえに、幽斎の草稿は「庭もせに」であって、庭おもてに、庭いちめんに、と賞翫してもほとんど同意となる。

戦国大名であった作者の実名は細川藤孝。雅号として幽斎を名のったところに、この武将歌人がまさしく「幽玄」の語を金科玉条として、詠作に幽玄美を追求したのであろうと窺える。

幽斎——一五三四—一六一〇。足利将軍家・信長・秀吉・家康に仕えた。和歌は三条西実枝に学び、古今伝授の中継大成者ともなった。長い戦乱のなかにあって歌道の伝統を後世に伝えた功績が大きく、近世歌学の祖とも目される。衆妙集は家集。

86 大井川いはなみたかし筏士《いかだし》よ岸のもみぢに傍目《あからめ》なせそ

源経信

【歌意】 大井川の急流は岩にくだけて白波をあげている。筏士よ、岸の紅葉が見事だからと、そちらへ目をそらし、棹の操作を過たないでおくれ。(家集・金葉)

【語釈】 ○あからめ――目を横へそらすこと、脇見。○な…そ――動詞の連用形(カ変・サ変は未然形)をはさんで懇願的な制止を表わす。「あからめなせそ」で、どうか脇見をしないでください。

本書は名所名跡の花草木を真正面からとりあげる詠作は選択から除いているのだが、吉野山の万朶の桜はそうもいかず、西行詠をとりあげた。和歌の手習いでは、長い時代をとおして、未見未踏であっても、吉野山の桜を一度は詠じておかねばならない不文律さえあったようだ。

紅葉でも、たとえ未見未踏であっても吉野山と同様に扱わねばならない山があった。京都嵯峨の小倉山である。保津峡が切れるあたり、桂川の上流が大井川とよばれていた。一首は大井川に裾を濡らす小倉山麓の紅葉を詠じている。

詞書があって、経信が摂政藤原頼通の大井川遊覧に随行して詠じた一首とわかる。紅葉に染まる渓谷を筏がくだってくる。作者が岸からその筏へ呼びかけている感興をみるのが通常かもしれない。けれども、そうではなく、頼通の一行がおそらく筏くだりをしたので、作者は筏の上で味わった思いを直截に詠みあげているのではないだろうか。

『袋草紙』によると、一首は生新さが注目され、後拾遺集に撰入されるはずであった。ところが、詠作時の作者の年齢が十八歳とわかり、他人の補筆がなければ若齢でこんな巧みな歌は詠めまいと疑われ、排除されてしまったらしい。経信の末子の俊頼が次の勅撰集を撰進することになって、いわば一首を復権させたのである。

『古今著聞集』がこんな逸話を伝えている。

白河院があるとき、漢詩を詠む船、和歌を詠む船、管弦を奏する船、三艘を大井川に浮かべて遊覧をした。経信の姿がなく院が機嫌を損じていると、経信は遅れて岸に姿をみせた。そして、どの船でもよいから岸へもどってわたしを乗せよ、と叫んだという。「かくいはんれうに（こう言いたいがために）遅参せられけるとぞ。さて管弦の船に乗りて詩歌をも献ぜられたりけり」云々とある。

逸話は経信が三船の才人、つまり漢詩・和歌・管弦いずれにも抜きんでた人だったと伝えているのだが、若くして詠んだこの一首に、その才知がすでに覗いているではないか。

さて、私がよく口ずさむ小倉山詠三首をも添えておこう。

《小倉山みねのもみぢ葉こころあらば今ひとたびのみゆき待たなむ》藤原忠平。これは時の施政者忠平が、宇多上皇を大井川遊覧に案内、こんどは醍醐天皇をお連れしてくるから、心があらば散らずに待っていてくれと、小倉山の高みのもみじ葉によびかけた作。

《小倉山ふもとに秋の色はあれやこずゑの錦かぜに絶たれて》西行。これは大井川をへだてて小倉山に対峙する嵐山の法輪寺に参籠、「虚空蔵求聞持法《こくうぞうぐもんじほう》」という秘法の修得に精魂を傾けた西行が、堂ごもりが明けて目を遣った小倉山である。七日間の修法中に紅葉の風光がすっかり変移していたのだ。

《小倉山しぐるる頃の朝なあさな昨日は淡《うす》き四方《よも》のもみぢ葉》藤原定家。小倉山のふもとには、定家が小倉百人一首の母体である百人秀歌をえらんだ、常に滞留する草庵があった。もみじの染まりが峰から麓へと徐々におりてきて、ある朝、起き出でてみた草庵の周囲が、すっかり色を深くしていたのである。

経信――一〇一六―九七。平安中後期、院政初頭に至るまでの歌壇の総帥。藤原公任と並ぶ三船（詩・歌・管弦）の達人と称された。中古三十六歌仙のひとり。後拾遺集以下に多数。

87 **引き伏せて見れど飽かぬは紅《くれなゐ》に濡るる檀《まゆみ》のもみぢなりけり**　紀貫之

【歌意】手元に枝を引きよせ押さえつけまでしても、退屈せずにいつまでも眺めていられるのは、紅にみずみずしく染まっている檀のもみじなのだった。（古今和歌六帖）

【語釈】○ど――85首に同じ、逆接の確定条件を表わす。

マユミはニシキギ科の落葉小高木。私の知る範囲では、紅葉する樹木のなかで発色が最も遅く、かつ最も濃く深い色合いをみせるのがマユミである。

ニシキギといえば生け花で、とくに伝承流派にみる格花の好材料。枝に弾力性があって矯《た》めやすく、形を整えやすいからなのだ。そして、ニシキギには枝にコルク質の翼がみられるが、マユミは翼が痕跡をとどめる程度、つまり翼の有無で識別しなければならないほど両者は性質までよく似ている。

さらに、マユミの折れにくい弾力性はニシキギ以上で、この小高木は原始遊牧時代から弓として使われていたらしい。それゆえ、漢字では「檀」のみでなく「真弓」とも表記されてきている。

「弓《キュウ》」という象形は原始的な飛び道具を示す意符であり、「引《イン》」はその飛び道具に弦を張った状態の意符であるという。ならば、弓《ゆみ》と訓読するようになったのは、マユミがこの国土で最も普遍的に用いられた飛び道具の材であったところからきているだろう。もしもマユミ以上に普遍的な材が実在したとすれば、弓という表意文字はそちらの材の名で訓読されていただろうから。

飲酒をおわって盃を裏返すことを「盃を伏せる」という。同様に、弦を引きおわって弓を手放すことを、弓術では「弓を伏せる」というそうだ。となると、「引き伏せて」と詠みおこした一首の含蓄はいよいよ深くなる。

長高・有心・幽玄の和歌三体が成立する以前、平安前・中期には、「古歌体・神妙体・直体・余情体・写思体・高情体・器量体・比興体・花体・両方致思体」の十種に分類する和歌鑑賞がなされていた。そして、いろいろの様態に重層して味わえる作が秀歌とされていた。一首はさしずめ、余情体のほか、興（おもしろさ）を比べるように、両方に思いを致せるように、いずれにも当て嵌まる体裁に詠まれた作といえるだろうか。

とにもかくにも、「引き伏せて」の初句が意味深長。

貫之は官吏として最終位が木工権頭という微官なので、木工たちが製作する弓の仕上りを手に取って調べる日々があった。そして、弓を扱うように檀の枝を手元に引き寄せたこともあっただろう。あるいは、弓を引き伏せて仕上がりを調べるのに飽きあき、目を遣った前栽の植え込みに、時雨に濡れた檀が艶つやと紅を濃くしていたのを思い起こしたこともあったのではあるまいか。

貫之――生年未詳―九四五。現存最古の仮名日記『土佐日記』の作者。古今集撰者のひとり。三十六歌仙のひとり。古今以下勅撰入集約四五〇首。

88
苔のむす岩かげまゆみ色ふかしこれを嵐に知らせずもがな

藤原顕輔《あきすけ》

【歌意】苔の生える岩かげに枝葉をひろげる檀の色が深い。人の目にとまるのは止むをえないが、誰もこの紅葉《こうよう》を嵐にだけは教えないでほしいなァ。（家集）

【語釈】○むす――生《む》す、生《は》える。○もがな――終助詞「もが」＋詠嘆の「な」。「もが」は上句に示す物の状態の実現を希望する意を表わす。

《南淵《みなふち》の細川山に立つまゆみ弓束《ゆづか》まくまで人に知らえじ》と詠じた万葉歌が知られていた。細川山は大和飛鳥の山の一つ。真弓の束《つか》に革を巻いて弓として仕上げるまで、つまり二人が揺るぎなく結ばれるまで、山深くマユミの木が隠れているように、二人の恋は人に気づかれないようにしよう。そう言っているのだが、顕輔はこの寄物陳思《ものによせておもいをのぶる》の恋詠を証歌として、「細川まゆみ」を「岩かげまゆみ」と普遍化したようだ。

岩かげにひっそりと隠れるまゆみの紅葉のなんと色の深いことか。恋は人の知るところとなってよい。嵐の妨げがはいるのもよい。妨げをうけて互いの絆がかえって堅くなるから。けれども、まゆみの紅葉は、嵐に知られるやいなや散ってしまう。だから、この木が岩かげに隠れているところを、誰も嵐には教えないでほしい。一首はそうも言っているようである。

総じて紅葉に強風は禁物とはいえ、ニシキギ・マユミにはとりわけて顕著。染まりが極限に迫ってきているとき、風はなくとも、枝を軽く揺すっただけで、カエデ類とは異なり、葉がはらはらと散る。

いま一つ言い添えておくのは、気象条件がきびしいときマユミは低木にとどまって、思いどおりの成長を遂げられないということ。

私はかつて岩場の多い山々を縦走したとき、群落をなす低木をしばしば見出してきた。その檀たちの、紫みを含んだ蘇芳色の濃く深い染まりが瞼の奥に甦ってくる。

《深山べやまゆみより濃き色ぞなき紅葉《もみぢ》は秋のならひなれども》土御門院。これもわが意をえた一首である。

顕輔――一〇九〇―一一五五。六条藤家の始祖顕季の三男。清輔の父。崇徳院歌壇における主要歌人のひとり。詞花集を崇徳院に撰上。金葉集初出。

89

つねよりもあはれはふかし秋暮れて人もこす野の葛《くず》の裏風　守覚法親王

【歌意】 物悲しい夕暮れどき、つねは人の往き来の多い野に、秋も果てようとする今は、クズの根を掘り起こしに来ている人しか姿が見えず、風にもてあそばれる葛のみが、恨めしそうに裏葉をみせている。（家集）

【語釈】 ○こす——越す。濾す。さらに「こず（来ず・掘《こ》ず）」の意も。掘ず、の意は、根のついたまま引き抜く。

近代短歌中あなたの好きな一首を、と求められたとき、釈迢空の《**葛の花ふみしだかれて色あたらしこの山道を行きし人あり**》を挙げる人が多いようだ。「色あたらし」はもちろん踏みつけられた三出複葉の痛いたしさを形容するものの、同時に葉からほとばしる匂いをさしているのではなかろうか。

私は幼少のころ、祖母が溶いてくれる葛湯をよく飲んで育った。そのゆえかクズの香に敏感だ。山野を縦遊していて香を感じたとき、迢空歌を思い起こす光景に必ず遭遇してきた。クズは花を咲かせる初秋に、葉がとくによく匂う。

さて、クズはつる性の茎が長いために風にも翻弄されやすい。茎ごと葉の白い下面をみせて裏返る。紅紫の可憐な小花を咲かせているころ、茎の長さは一〇メートル超程度。このころ、初秋のクズは風に裏返されても一晩で起き直り、青あおした三出複葉をふたたび涼しげにそよがせるから、復元力の逞しさに舌を巻く。

事情はけれども秋が深まるにつれて一変する。晩秋のクズは茎がさらに伸張、二〇メートルに迫るほどになっている。風に返されたクズはあまりに長く伸びたためにもはや自力の反転は不可能、白っぽい裏面をさらす葉がしだいに枯れ皺んでゆく。歌人たちは葛を裏返して立ち直れなくさせる風をひとしなみに「葛の裏風」とよび、秋の去りゆく無情を惜しんでいた。

一首には「野外秋尽」と題がみえる。「人もこす」と詠じているところが歌の節。まさしく秋も尽き果てる夕暮れどき、人の往き来する（越す）野にいまは人の姿がみえず（来ず）、葛だけが風にもてあそばれて、恨めしそうに裏葉をみせている。

さらに、こうしたことまで思い浮かぶ。葛湯のもととなる葛粉は澱粉質の豊富なクズの地下茎が原料である。乾した地下茎を擂りつぶした粉を水に浸け、濁りが無くなるまで何回となく水を換えることによって精白な葛粉がえられるが、作者が眼前にする野に葛は枯れ葉が風に揺らぐのみ、粉に濾す（濾過する）ため根を掘り起こす人の姿もすでに見当らなくなっていたのではあるまいか。

守覚法親王――一一五〇―一二〇二。後白河皇子で、式子内親王と同腹。俊成が家集の長秋詠藻を献じているほどで、後鳥羽院登場以前の歌壇で重要な存在だった。千載集初出。

冬歌の部

90
冬のきて山もあらはに木の葉ふりのこる松さへ峰にさびしき　祝部成茂《はふりべのなりしげ》

【歌意】 冬がやってきて、山肌も露出するほど木の葉は散り失せた。とり残されて峰に立つ松までもが寂しそうにしている。（春日社歌合・新古今）

後鳥羽院は元久元年（一二〇四）和歌所に三〇名の歌人を集めて、「落葉・暁月・松風」の三題、各十五番の歌合を催した。のちに春日大社に奉納されたので春日社歌合とよばれている。これは落葉の題詠、秀歌と見るか屑歌とみるか、衆議判で侃かん諤がく論議されたと、後世の書にまで伝わる一作である。

否定的な評は、松は見えるが落葉はどこに消えたのか、語句が歌らしく整っているとはいえない、といったところだったろうか。肯定的には、整っていないとみえるところが返って洒脱、風体に一節あり、と味わわれたのでは。

枕草子のことば、「絵にかきおとりするもの、なでしこ」「かきまさりするもの、松の木」にはすでに触れた。とりわけ、冬山の松の姿には、絵に描いたかのように、おのずからなる「かきまさり」が感じられる。

麓から仰ぐ外山・里山の峰などに松の梢が判然と見分けられるとき、孤松の呟きが聞こえてはこないかと、私は立ち止まらざるをえなくなる。

幕末の儒学者、藤森弘庵の五言絶句を添えてみたい。《抜地幾千尺／風霜翠色深／不求棟梁用／独保歳寒心》。——地を高だかと抜きん出て、風にも霜にもふかみどり、棟木や梁になりたくない、独りでいるよ寒い季節もひっそりと——。

成茂——一一八〇—一二五四。日吉社禰宜。歌合成立時は出雲守。姉妹の下野が後鳥羽院に出仕していたので、共に歌合に召致されたか。新古今集初出。

91
木の葉ちる宿は聞き分くかたぞなき時雨する夜も時雨せぬ夜も　源頼実《よりざね》

【歌意】 木の葉が間断なく散る宿では聞き分ける手段がない。今夜は時雨がきているとも、時雨はきていないな、とも。（故侍中左金吾集・後拾遺）

【語釈】○かた――方。手段、方法。

「落葉雨の如し」と詞書にいう。

この一首も『袋草紙』をはじめ歌人の逸話を集めている書の類によってひろく伝わってきた。

故侍中左金吾とは家集名。「侍中」が蔵人の、「左金吾」が左衛門府の、それぞれ唐名。頼実が蔵人左衛門尉の地位にあって故人となったため、この表題が付されたらしい。

難波の住吉大社が和歌の神として崇拝されていた。詠作への執心が激しかった頼実は、住吉に参詣、わが生命と引き換えに「秀歌一首を詠ましめたまえ」と祈請した。のちに、ある歌合でこの一首を詠み、そののちまた、住吉に参詣、同じ祈請をくりかえしたところ、「秀歌は詠みおわんぬ。かの落葉の歌にあらずや」と神の託宣がくだった。一首は忽ち人の知るところとなったが、いまだ小壮の頼実自身もしばらくして夭亡したと逸話は伝える。

冬となって、山おろしの風・木枯らしの風がいかに木の葉を散らし、落葉はどのように地にふり積もるか、歌人たちはその形容に才を競っていた。軒端をしとしとと打つ時雨の音も、歌人たちのもよおす冬の最初の感興だった。

一首は想像できるそれらすべての光景を十把一絡げに浚い取ったかに思えるではないか。秀歌とみなされた所以でもあろう。

若き日の西行に、一首を味わいつくしたところに閃いたのかもしれない作がある。添えておこう。こう詠じられている。**《時雨かと寝覚めの床に聞こゆるは嵐に耐へぬ木の葉なりけり》**。

頼実――一〇一五―四四。源頼家・相模の甥。長元八年（一〇三五）関白頼通歌合に雑色として参仕。蔵人に抜擢されたのが長久四年（一〇四三）だった。和歌六人党のひとり。後拾遺集初出。

92
きのふけふ降りし時雨に色づきて実さへ花なる梅もどきかな　大隈言道《ことみち》

【歌意】　昨日といい今日といい、降った時雨に濡れて鮮やかな色づきをみせてくれている。

果実をまで花と見立てることができる、さすが梅もどきだなァ。（草径集）

咲く花の見当らない冬となって、花のかわりに、花のごとく賞翫したくなるのは、あでやかで小さな果実たちだった。現在も冬の到来とともに、タチバナモドキ、次いでウメモドキの小果の色づきが賞翫されている。

タチバナモドキはバラ科の常緑低木、オレンジ色で径五ミリほどの扁球形小果を密生させる。ウメモドキはモチノキ科の落葉低木。こちらが密生させるのは前者と同程度に小さくまん丸い小果。

漢字ではそれぞれ梅擬・橘擬とあてるが、「擬」は何かに似せること、対抗させることを意味する。

ウメモドキは近世以来、庭木として植栽されはじめたらしく、江戸期からこのように和歌に現われる。春に女性たちがまず手に取るのは梅の花。こちらは冬の到来とともに女性たちが梅を愛おしむごとく賞翫した庭木であるところから、ウメモドキの名は生まれたのであろう。

一方、タチバナモドキは明治中期に中国から渡来、庭木となったピラカンタの和名である。梅に対比されてきた男性の花といえば橘。そこでタチバナモドキの名が当てられたのではなかろうか。

《冬枯れのかきねにまとふ梅もどきあさりつくしてひえ鳥の啼く》井上文雄。どちらが先詠であろうか。これは一首とほぼ同時期に詠まれたかと思える作である。

言道――一七九八―一八六八。九州福岡の商家の出。歌道に徹するため家業を弟に譲り、隠棲。古に偏し雅に偏する詠作を「木偶《でく》」と称して敬遠、生活真情のにじむ歌を詠んだ。草径集は家集。

93 **枯れやらで立てるもしるし暮れし秋をしのぶの軒に庭の白菊**　肖柏《しょうはく》

【歌意】 枯れないで身を保っているのが頼もしい。暮れ果ててしまった秋を、軒先に茂るのきしのぶと、庭には白菊が追想しているかのようだ。（春夢草）

【語釈】○枯れやらで――枯れゆかないで。「やらで」は、やらないで、遣りおえないで。○立てる――身を保つ。○しるし――顕著だ、明白だ。

この一首は家集の冬の部にみえて「残菊」と題が付されている。「しのぶ」は屋根の軒端に着生して常緑を保つウラボシ科のシダ、ノキシノブと、思い起こして懐かしむ意の「偲ぶ」の掛け合わせ。その軒下の庭先には白菊がなお花をとどめていたという。

リュウノウギクは寒さが昂ずるにつれ色を紫へとうつろわせたから、冬に白菊詠は概してそのうつろいに触れるのが通常であった。そこでこの白菊は色のうつろいの目立たなかったノジギクなのだろうかと思う。

のじぎくと年間を通して色の変化のないのきしのぶの緑を「枯れやらで」の初句が引き立て、この作は並み一遍ではない力量で明快な情景をみせてくれている。

肖柏――一四四三―一五二七。若くして出家。宗祇から古今伝授をうけ、宗祇を補佐した。春夢草は家集。

94
年の内にまた咲く花のなきままに菊のまがきをなほぞつくろふ

土御門院《つちみかどいん》

【歌意】 年内には他に咲く花がないから、それを思うにつけ、菊の添い立つ生け垣を、依然として手入れしつづけることにしよう。（御集）

【語釈】 ○また――他に、ほかには。○ままに――用言の連体形に付いて、上句の状態にともない、次の行動がなされることを表わす。○まがき――籬。ここでは生け垣の意。

藤原定家に《**むらさきもなほくちはつる色かへて三たびうつろふ霜がれの菊**》という作がある。

重陽のころに初咲きをした白菊の剪定をしておくと、枝茎が新たに伸びて二度咲きをみせ、さらに剪定をすると三度咲きをした。とくにリュウノウギクが冬へと移るにつれて、二度から三度へと、霜におかれ雪にもふれて、清爽とした白さに徐々に紅紫の色を感じさせる花を咲かせたのである。

この一首の手入れがつづけられたのもリュウノウギクであったにちがいない。「また」

に咲きおわって萎えてゆく二度花を眼前にする気配、「なほ」に三度花を予期する気配が、それぞれ凝縮しているかのようだ。

土御門院は八三代天皇。討幕計画の蚊帳の外におかれて承久の変には加わらなかったが、父後鳥羽、弟順徳両院の遠島配流にともない、みずから土佐の僻地へ遷幸、やがて阿波へ遷居して三七歳で崩じている。

一首は阿波における詠。当所でのその生活は独り折句の遊戯などで無聊《ぶりょう》を慰める日常であったらしい。**《秋風のはらひし宿は野となりて葛の裏葉ぞ庭にのこれる》**。一首より少し先立って詠まれた折句である。五七五七七の頭字をつなげば「アハノクニ」となる。

ちなみに、リュウノウギクとは葉に竜脳の香があるところから名が生まれているそうだ。小菊の花は概してしおらしい。けれども、少しやんちゃな咲きぶりの白い小菊をごらんになったら、匂いを嗅いでみていただきたい。揮発性の香を感じられたら、リュウノウギクの遺伝子を受け継いでいるとみてよいのではなかろうかと思う。

土御門院――一一九五―一二三一。後鳥羽院の第一皇子。四歳で即位、一六歳で弟の順徳院に譲位。藤原定家・藤原家隆が評点を加えた百首歌を遺す。続後撰集以下に一四八首。

95
山深くしづの折り焚く椎柴《しゐ》の音さへ寒き朝ぼらけかな　藤原家隆

【歌意】小屋暮らしをする山男たちが椎柴を折り焚いて暖をとっているのであろう。柴の燃え爆《は》ぜる音までが寒ざむと聞こえてくる。山が深いから早朝はなんと冷えこみのきびしいことか。（六百番歌合）

【語釈】○しづ——労務者。○椎柴——薪《たきぎ》に適したシイの小枝。

シイは日本の山野に往古から自生した代表的な常緑広葉樹である。シイが大樹となって枝葉を繁茂させる勢いはあまりにも旺盛で、放置したままでは日差しがさえぎられ、下草も生えず、土壌が痩せる。往日はそこで、外山・前山・里山などにみるこの木の枝を透かす剪定が、冬の山里の年中行事であった。

周囲の群木に葉があってはシイの位置・姿形を見定めがたい。冠雪をしてしまっても同様。剪定をするのは落葉樹が裸になって雪がくる前、ごく短い期日に限られていた。

樹形をふもとからも賞翫できる大木は、ふもとから見あげる人物が手旗を振るなどの指示をおくって、樹幹に跨《また》がる山男に枝を透かさせていた。さらに、前山といえども視界のとどかない山奥で伐られた椎柴は、峰に堆《うずたか》く積みあげて火をかけられ、その白い煙が山里に成果を知らせていた。和歌ではそういった情景も詠まれている。

「椎柴」の語は狭義で語釈のとおりなのだが、広義では剪定作業そのものをも指す。

あかつき・あけぼの・あさぼらけの順に夜は明ける。

私は前日に伐《き》られた椎柴が山小屋に積みあげられており、その一部が朝ぼらけの囲炉裏に焼《く》べられている光景を想像した。けれども、「山深く」という句が係る以上、この椎柴はきのうの成果を山里に知らせ、きょうの作業の安全をも祈願する狼煙《のろし》、一種の斎火《いみび》だったのかもしれない。

椎柴は小枝に節が多いから爆《は》ぜる。生木であるから堅い葉もじりじり音を発てる。《さびしさは慣れぬほどぞとしのべどもあまりはげしき椎柴の音》親清四女。この作者は鎌倉中期の歌人。出家後の作とおぼしく、——寂しさは慣れていないだけで辛抱できるが、椎柴の爆ぜる音は烈しすぎてそうはいかない——と言っている。

家隆——一一五八—一二三七。新古今集撰者のひとり。隠岐配流後の後鳥羽院とも交渉を断たず、遠島歌合に送歌。千載集初出。定家の撰した新勅撰集に四三首の最多入集をみせ、続後撰集以下にも多数入集。

96 里人のほだ伐《き》る冬のふしくぬぎ大川のべの荒れまくも惜し

六条知家《ともいえ》

【歌意】 枝が薪《たきぎ》として折り取られ、節のみになっている冬のくぬぎの根株までを、里人が掘り起こしている。くぬぎ原はいずれ蘇るにちがいないにしても、この大川の汀《みぎわ》周辺が一時的に荒れてみえてしまうだろうのは、残念だなァ。（新撰和歌六帖）

【語釈】 ○ほだ――榾。薪にする木の株。○まく――連語。推量の助動詞「む」の未然形＋準体助詞「く」。○も――ク語法に付く終助詞。感動の意を表わす。

秋歌で柞原にみたように櫟《くぬぎ》は柞の一品種。新撰和歌六帖では五名の歌人が「くぬぎ」を題詠していて、「川原のくぬぎ原」「端山がすそのくぬぎ原」といった表現も一首のほかにみられる。

河と争わず、河の流れを自然のままにゆだねるべし、堤防は造るから決壊し、人災が生ずる、という考え方が昔からある。昭和戦前、日本の河川は堤防が切れぎれ、湾処《わんど》・沼沢がいたるところ堤防の外がわにみられた。それは洪水を吸収する緩衝地帯、大きくもなり小さくもなった。そして、湾処・沼沢の周辺にはクヌギの樹林がよく目についた。というのも、それは上流から出水時にクヌギの果実「どんぐりころころ」が流れついて発芽したので、かけがえのない日本の原風景でもあったのだ。

榾は、囲炉裏や竈《かまど》でたく薪、といった程度にしか辞典では説明が乏しいが、和歌では大きな瘤のある主幹の部分や根株などを意味している。

くぬぎ原、川辺のくぬぎは、黄葉のあと小枝がまず薪として伐られ、里人の生活を支えた。次いで炭に焼くため幹を伐られた木もあっただろう。そして、最後にはかたわらに芽を吹いている若木の生長をうながすために、古木が榾ごと掘り起こされていた。大きな榾を幾つかに割り砕いて囲炉裏の灰の奥に埋めておくと、真赤に熾った炭となり、長く火気が保って厳冬期の暖房を支えたのだそうである。

知家——一一八二—一二五八。定家の指導をうけたが、没後の為家による歌壇支配に反発、反御子左派を結成した。新古今集以下に一二一首。

97 **むら薄たえだえ野べに招けどもした這ふ葛ぞ恨み果てぬる**　寂蓮

【歌意】 群がり生える薄は、途切れがちにも風に揺れて、なおも野べに人を招いているけれども、地を這う葛はといえば、恨むがごとく裏葉をみせて、すでに枯れ果ててしまっているではないか。（六百番歌合）

【語釈】 ○ども——接助詞。既定の事態を受けて、以下に、それに照応しない事実が生じていることを示す。

秋草のなかでススキには風にも霜にも耐える持久力がある。雪に埋もれないかぎり、ススキは冬の野にも健在さを見せつづけてくれる。

クズはそうではない。「葛の裏風」にみたように、風に翻弄されたクズは長い蔓ごと崩れ臥し、辛うじて地を這うが、どの秋草よりも早く枯れてゆく。

野に群生する雑草など、霜に萎えても褪せた緑は保ってゆくものだ。その冬野の緑を掻き消すごとく、灰白色の裏葉をみせるクズがいちめんに枯れ臥している光景に遭遇したとき、私はいつも寂寥感に締めつけられてきた。搦みよじれる蔓がのたうっているように痛々しく思えて、そこからも目を離せなくなった。

クズでは、風に吹かれて白い裏葉を見せるところから「恨み」を導き、そこへ心に隠されているものを見る「裏見」を掛けた歌や、一首同様「薄」と「葛」で冬野の情景を重ね合わせた歌が多く詠まれてきている。

寂蓮——一一三九—一二〇二。定家の従兄。三〇代はじめに出家。西行から後進として期待された筆頭の存在だった。新古今集撰者に指名されたが途中で没。千載集以下に一一七首。

98

十がへりの色をもかねて松が枝《え》に花とも見よと雪やつもれる　武者小路実陰

【歌意】百年に一度、千年に一〇度しか咲かないと伝わる松の花もこんな風情か。そんな予想をもしてほしいと言わんばかりに、松の枝に雪が積もっているよなァ。（芳雲集）

【語釈】○十がへり――十返り。百年を一〇回くりかえすこと。○色――風情。○かねて――予て、予想して。○や――間投助詞。詠嘆の意を表わす。

作者は江戸中期、宮廷歌壇を指導する地位にあった。叙景歌にすぐれ、とりわけ好んで春は桜・秋は月・冬は雪を詠じ、「雪月花《せつげつか》」はこの実陰あって成句化したかと思えるほどである。

さて、冬の寒さが昂じるにつれ万物が生気を失ってゆくなかで、松は反って針葉の翠に冴えをみせはじめる。

仏道修行者はきびしい寒行のさなか、気力を保ちつづけるために、松に積もる雪をはらって針葉をかじった。針葉を刻んで粥として煮立て、すすってもいる。

松はすでに新春への疏通をはかる橋わたしをはじめている。

松は雪化粧をした立ち姿も端正で美しい。

実陰では《松ならぬ姿ばかりをしるしにて雪ぞ小高き杉のひとむら》という作も目にとまる。

落葉樹はもちろんのこと、常緑樹であっても雪を樹冠全体にいただいている姿からは、品種を見分けがたいものだ。松だけはちがう。雪が枝ぶりを引き立てる着映えをさせていて、これは松だと一目瞭然。次いで見分けがつくのは、実陰が示すように杉ぐらいであろうか。杉はとんがり帽子の梢をもっているから。

やはり、絵に「かきまさりするもの、松の木」、雪を身にまとって着映えがするものも松の木であろう。

実陰――一六六一―一七三八。霊元院から古今伝授。霊元院は実陰を、定家に比してよい弟子と誇ったとも伝わる。中御門・桜町両天皇に和歌師範をつとめた。芳雲集は家集。

99
訪ふ人のあとなきよりもさびしきは雪に布《し》かるる庭の呉竹《くれたけ》

藤原範宗《のりむね》

【歌意】雪の地面に来訪者がしるす足跡がないのは物足りないが、それよりも物悲しく思えるのは、庭に積もった雪に押さえつけられている呉竹のありさまだ。

【語釈】○さびしき――物足りない・物悲しい、の両意。○布かるる――支配する意の「布く」の未然形＋受け身の意を表わす助動詞「れる」。

呉竹とは、淡竹《はちく》の異名とも淡竹・真竹《まだけ》両方を合わせた異名とも辞典類はしるす。けれども、古今集以来るいるいと詠じられてきている経緯からみると、篠竹《しのだけ》にちかい類などをも含めて観賞用に植栽されていた竹類全般を包摂する雅名として味わってよいと思う。

竹は弾力性がつよいから、着雪をみせるほど弧を描いて全身を撓《しな》わせる。とはいえ、遂には、直立を保つ根元にちかいほうから、雪の重みで枝が折れはじめる。

この範宗詠の情景そのままを髣髴させる二作を、説明がわりに添えてみよう。

一首より先詠《折れ臥して竹の末葉もうづもれぬ夜ごとにまさる雪の重さに》源雅兼。

後詠《埋もるる松に嵐は音たえて竹のみひびく雪の下折れ》西園寺実俊。
範宗――一一七一―一二三三。新古今集成立直後の歌壇に活躍した歌人のひとり。新勅撰集初出。

100 **なにとなく年の暮るるは惜しけれど花のゆかりに春を待つかな**　源有仁《ありひと》

【歌意】 年の暮れるのは心残りに思われる。けれども、これといった理由はないとはいえ、花との出会いをきっかけに春の到来を待つことにしよう。（金葉）

【語釈】 ○ゆかり――機縁、繋《つな》がり、きっかけ。

京都の洛西、双《ならび》ヶ丘の東南麓は、白河法皇の実弟、輔仁《すけひと》親王が花木の多い広大な山荘を営んだ土地なので、現在も「花園」とよばれている。山荘は貴族とその随身たちに解放されていたから、本書に採った歌人たちでは、西行と寂然がここを遊び場として幼少期を過ごした。

山荘を継いだのが、親王の第一子で臣籍にくだり源姓を名のったこの有仁。「花園《はなぞの》の大臣《おとど》」とよばれることになった有仁は、一三歳年下の西行・寂然を、花園に現われるやんちゃ坊主として、よく見知っていたことだろう。

そして、一首をものした有仁の脳裏には、梅・連翹《れんぎょう》・木蓮・桜と、次つぎと花園に咲いてゆく花木の姿が去来したのではなかったか。

一方、第五代勅撰集として金葉和歌集が成立したとき、西行は一二歳で和歌の手習いをはじめたばかりであった。この勅撰集に一首を見出した西行は、食い入るように歌の結構を咀嚼したにちがいない。

西行には「なにとなく」と詠み起こされている作がじつに多く見出される。「なにとなく」は西行自身の専売特許となったといってよいほどだ。若き日の、この一首の鑑賞体験に原因のすべてが由来している。

最後は、なにとなく西行の歌を二作拾って本書を閉じることにしよう。

《なにとなく軒なつかしき梅ゆゑに住みけむ人の心をぞ知る》。この梅は花園山荘のそれ、住んでいただろう人とは、輔仁親王または有仁を指しているだろう。

《なにとなく春になりぬと聞く日より心にかかるみ吉野の山》。未来永劫に、春となればまず第一に、吉野山の桜がなにとなく思い起こされるこの国であってほしいものだ。

有仁――一一〇三―四七。崇徳天皇の母待賢門院璋子の妹を妻とし、内大臣から左大臣に至る。花園山荘の一郭は、待賢門院が弥陀観想をした法金剛院として中興され、現在に至っている。金葉集初出。

歌人索引——太字漢数字は、鑑賞歌百首の掲載ページ。細字漢数字は文中に引例されている歌の現出頁を示す。

あとがき

『京都百人一首』『花鳥風月百人一首』二冊の旧い自著があるので、この書は題名を『花と草木の百人秀歌』としようかと考えた、私の撰する三冊目の「百人一首」ということにもなる。

扉に添えさせてもらった挿絵について一言しておきたい。

作者の山本雪堂（一八三四—一九一四）は京都に一生をおくった四条派の南画家。自身は色彩山水を描いたが、雪堂の雅号は雪舟・浦上玉堂の水墨山水を慕ったゆえに名乗ったのであろうか。挿絵の「藪柑子《やぶこうじ》」は雪堂臨終の枕元におかれていたと伝わる画帖にみる最期のスケッチである。

拙宅には二つの床の間があり、こどものころ一方の床に、書画の鑑定を生業の一つとした祖父から伝わる、雪堂描くところの軸物九幅が、一年をとおして順に掛け変えられていた。

『徒然草』に兼好が「折節の移りかはるこそ、ものごとにあはれなれ」という。私はこの至言を心に留めて人生を歩んできた。それというのも、少青年期が雪堂の軸物によって四季意識を涵養される日々だったからである。

祖父と雪堂は黄檗僧とのあいだに交渉があったと伝わるので、先年、軸物九幅は遺画帖をも含めて黄檗山萬福寺に寄贈した。伊藤若冲のように華ばなしくはなくとも、研究者による再評価で甦ってはくれまいか。そう期待するあまり、雪堂画が萬福寺文華殿に保存されていることを添記しておく。

「藪柑子」を扉絵におねがいしたのには、さらにこんな理由もある。

本書は冒頭に家持の「松」を採ったが、家持には藪柑子を詠んでいる作もあって、私はいずれを採ろうか迷ったのである。

この雪の消《け》のこる時にいざゆかな山橘《やまたちばな》の実の照るを見む

右がその一首。「山橘」は藪柑子の古名。常緑の小低木で、これほど小さい木は他に見られない。丈は二〇センチばかり、夏に白い小花を咲かせ、現行暦の正月ごろ、小豆粒にもみたない球形の実を赤熟させる。雪の消え残る苔地などに照り映える藪柑子の実は、いじらしくて忘れがたいものだ。

さて、私は処女作『京の裏道』の編集を船曳由美さんに担当してもらって以来、何冊も著作の上梓でこの方のお世話になってきた。今回も『花あはれ』という題名は、原稿を読んでもらった船曳さんから頂戴した。

私は視力も弱りルーペを手にしても辞書の文字を拾い難くなった老耄の身。本書に先立って書き終えたが推敲中で未発表の長篇をなお一冊残すものの、私は本書をもって擱筆する。長い年月、拙著の上梓でお力添えを賜わった方々、読者の皆さん、ありがとうございました、さようなら。

二〇二四年一月

松本　章男

●著者紹介

松本 章男（まつもと あきお、1931年〜）
京都市生まれ。京都大学文学部フランス文学科卒業。
元人文書院取締役編集長。著述業、随筆家。
2008年、『西行 その歌 その生涯』で第17回やまなし文学賞受賞。

主な著書

■京の裏道　平凡社
■四季の京ごころ　筑摩書房
■京都の阿弥陀如来　世界聖典刊行協会
■京都うたごよみ　集英社
■京都で食べる京都に生きる　新潮社
■京の手わざ 石元泰博写真　学芸書林
■小説・琵琶湖疏水　京都書院
■メジロの玉三郎　かもがわ出版
■京都百人一首　大月書店
■美しき内なる京都　有学書林
■親鸞の生涯　大法輪閣
■京料理花伝　京都新聞社
■花鳥風月百人一首　京都新聞社
■古都世界遺産散策　京都新聞社
■京の恋歌 王朝の婉　京都新聞社
■法然の生涯　大法輪閣
■京都花の道をあるく　集英社新書
■京の恋歌 近代の彩　京都新聞社
■新釈平家物語　集英社
■京都春夏秋冬　光村推古書院
■西国観音霊場・新紀行　大法輪閣
■道元の和歌　中公新書
■西行 その歌 その生涯　平凡社
■歌帝 後鳥羽院　平凡社
■業平ものがたり『伊勢物語』の謎を読み解く　平凡社
■和歌で感じる日本の春夏　新潮社
■和歌で愛しむ日本の秋冬　新潮社
■恋うた　百歌繚乱　紅書房
■心うた　百歌清韻　紅書房
■万葉百歌　こころの旅　集英社新書
■じんべゑざめの歌　紅書房

花あはれ　和歌千年を詠みつがれて　奥附

著者　松本章男＊発行日　二〇二四年六月一八日　第一刷

発行者　菊池洋子＊印刷　信毎書籍印刷＊製本　新里製本

発行所　〒一七〇-〇〇一三　東京都豊島区東池袋五-五二-四-三〇三

紅（べに）**書房**　info@beni-shobo.com　https://beni-shobo.com

電話　〇三（三九八三）三八四八

ＦＡＸ　〇三（三九八三）五〇〇四

振替　〇〇一二〇-三-三五九八五

落丁・乱丁はお取換します

ISBN978-4-89381-368-8

Printed in Japan, 2024

松本章男の本

恋うた　百歌繚乱

記紀歌謡、万葉歌から江戸末期まで、「恋」をテーマにした和歌四七九首を取り上げ、解説や思いを述べる。いにしえ人の情念を味わう絶好の書下ろし佳書。

四六判上製カバー装　装画　山口蓬春　三五四頁　本体二三〇〇円（税別）

心うた　百歌清韻

旅を、夢を、天象を、そして命や死を思い、古来さまざまな心が詠われてきた。それらを集めた歌五一四首を万余の歌書から選びぬいた書下ろし秀詠アンソロジー。

四六判上製カバー装　装画　山口蓬春　三六〇頁　本体二三〇〇円（税別）

歌集　じんべゑざめの歌

古都の四季に生きて九十余年。折ふしに詠う人の世のあわれ。名随筆家の秘蔵の歌三九八首を収めた初歌集。

四六判上製カバー装　一八六頁　本体二〇〇〇円（税別）

紅書房 刊